전장의
저격수

전장의 저격수 2

요람 장편소설

초판 1쇄 찍은 날 § 2017년 12월 20일
초판 1쇄 펴낸 날 § 2017년 12월 27일

지은이 § 요람
펴낸이 § 서경석

총괄팀장 § 최하나
편집책임 § 이지연
디자인 § 신현아

펴낸곳 § 도서출판 청어람
등록번호 § 제387-1999-000006호
등록일자 § 1999. 5. 31
어람번호 § 제1-2818호

주소 § 경기도 부천시 원미구 부일로 483번길 40 서경B/D 3F (우) 14640
전화 § 032-656-4452 팩스 § 032-656-4453
http://www.chungeoram.com
E-mail § chungeorambook@daum.net

ⓒ 요람, 2017

ISBN 979-11-04-91582-6 04810
ISBN 979-11-04-91580-2 (세트)

FUSION FANTASTIC STORY

요람 장편소설

전장의 저격수

2

청
람

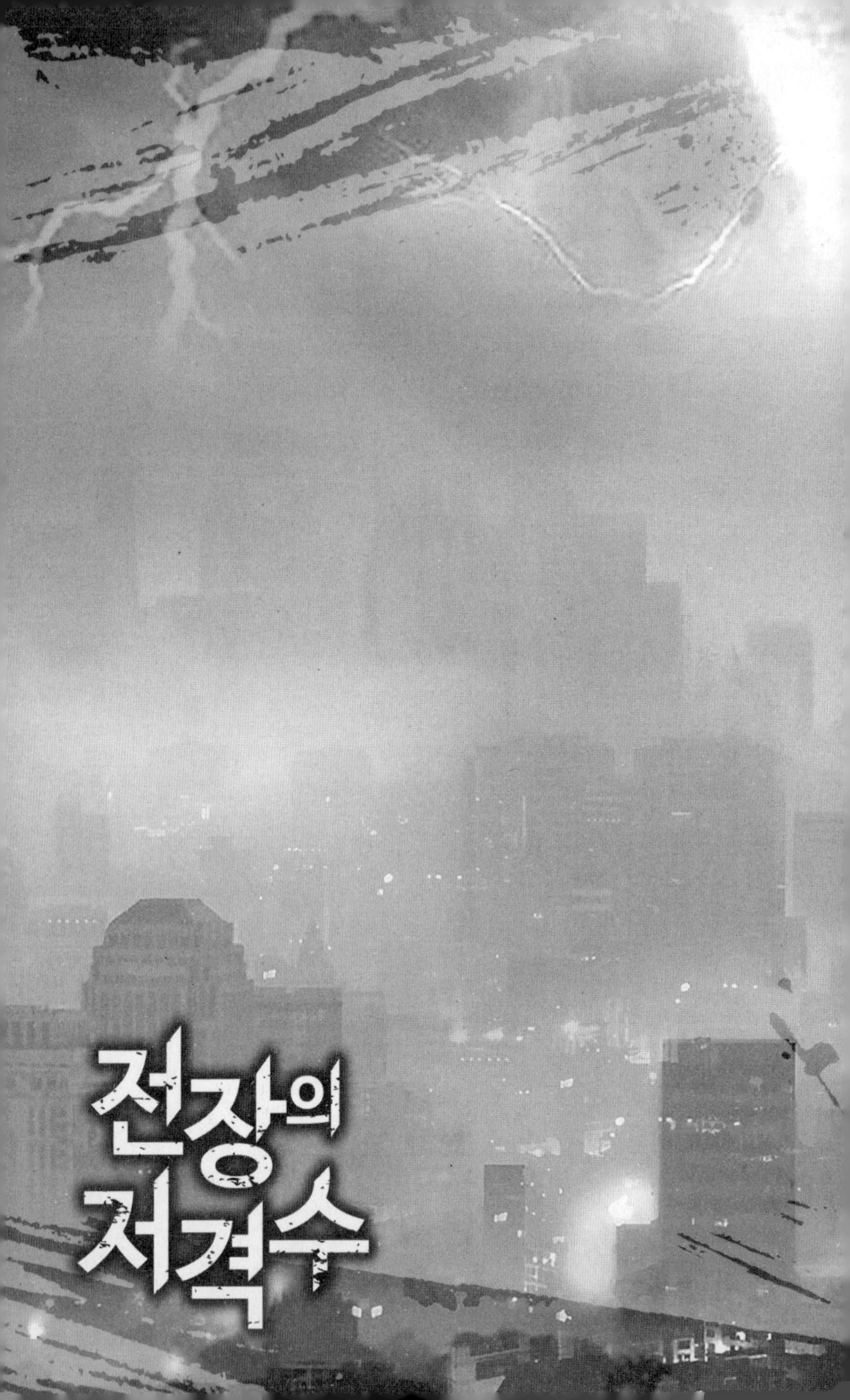
전장의
저격수

Contents

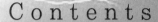

episode 9
재정비

세련된 인테리어가 돋보이는 고급 아파트의 거실에서 한 여인이 와인 잔을 들고 통화를 하고 있었다.

"그래, 그렇다니까? 아마 네가 말했던 사람이 내가 봤던 그 사람 같아. 활 쓰는 점도 같고, 행동도 그렇고. 특히 이름이 정석영? 그랬어."

─와, 대박. 언니, 어떻게 만났어요?

"그냥 동굴 하나 찾아서 들어갔다가 만났어. 힘겹게 싸우고 있어서 도와주려고 한 거지."

─그 오빠가 힘겹게 사냥을 했다고요? 그 오빠 무기 사기급

무기인데?

"잡고 있던 몬스터가 장난 아니던데? 강했어. 내 칼도 잘 안 박힐 정도로."

이어 찰랑거리는 레드 와인을 한 모금 마신 여인, 한지원이 자리에서 일어나 창가로 갔다. 그 와중에도 이 말 많은 동생은 속사포처럼 조잘거리고 있었다. 요즘 들어 부쩍 연락이 잦은 동생, 아영이는 석영이란 남자를 만났다고 하니 당장 달려오겠다고 성화다.

"그래, 언니 지금 집이야. 응응. 그래, 가볍게 한잔하자."

통화를 끝낸 지원은 잠시간 창밖을 바라봤다. 유성우 충돌 이후 벌써 한 달이 다 되어가고 있었다.

그동안 세상은 정말 많이 변했다. 연일 유저들의 범죄 소식과 리얼 라니아의 소식이 뉴스를 도배하다시피 할 정도로 극심한 혼란기가 찾아왔다. 그나마 아이돌과 배우들이 대거 예능과 콘서트 등을 하며 버티고는 있지만, 아직은 안정기에 접어들지 못했다. 하지만 이 여인, 한지원만큼은 다른 세상에서 사는지 표정에는 나른함과 여유가 가득하다.

띠링.

리모컨으로 TV를 켜니 역시나 매일 연속되는 라니아 특집 방송이 나오고 있었다. 지원은 잠깐 TV를 보다가 도로 껐다. TV에서 나오는 정보는 확실하지만, 신선도가 떨어졌다. 가장 신선한 정보는 당연히 라니아 홈페이지다. 그곳이 제일 빠르게 정보가 올라오고, 마스터들에 의해 분류되어 각각의 게시판으로 이동된다.

지원은 오늘 낮에 있었던 일에 대해 잠깐 생각해 봤다.

사냥 성공 후, 보상은 딱 오 대 오로 나눴다. 그 남자, 석영도 그렇고 지원도 보상을 더 챙길 욕심을 부리지 않아 분배가 끝나자마자 잠깐의 대화 후 헤어졌다. 연락처도 교환 안 하고 그냥 헤어졌지만 지원은 어째 석영을 또 만날 수 있을 거라는 느낌이 들었다. 한순간 스쳐가는 인연이 아닌, 길게 이어질 그런 인연. 한지원은 석영에게 그런 느낌을 받았다.

처음에는 그 남자가 아영이가 그렇게 성토했던 남자와 동일인인지도 몰랐다. 접속을 끊고 나와서야 '어? 어디서 들어봤던 사람 같은데?' 하는 생각이 들었다. 그래서 아영이에게 전화를 걸어 생김새와 이름을 다시 물어보니 딱 그 남자가 맞았다.

지원의 입가에 보일랑 말랑 한 미소가 걸렸다.

사실 지원은 리얼 라니아가 생기기 전까지 삶의 의미를 전혀 느끼지 못하던 중이었다.

5년 전에 있었던, 절대로 잊지 못할 그 사건은 그녀의 인생을 송두리째 바꿔 버렸다. 정말, 정말 말 그대로 삶은 개박살 나버렸고, 이어 작품 활동을 몇 번 했지만 그래도 삶은 바뀌지 않았다.

그래서 삼 년간은 아예 작품 활동을 하지도 않았다. 하면 뭐 하나, 의미가 없는데. 돈이야 이미 넘쳐흐르는 마당이고, 인기도 더 이상 올라갈 곳이 없을 정도였다. 솔직히 지원은 유성우 충돌을 반겼던 입장이다.

무료하던 삶이 끝장나서, 감사하다고.

"리얼 라니아……."

하지만 세상은 끝장나지 않았고, 좀 전에 중얼거린 그 믿지 못할, 전혀, 그 누구도 예상치 못한 세계가 찾아왔다. 단어 앞에 리얼이 붙어 있긴 하지만 차라리 그건 없는 게 나았다. 리얼 정도가 아닌, 새로운 세상.

모험이 있고, 싸움이 있다.

새로운 것을 알아가는 재미. 그 지독한 중독성에 지원은 이미 푹 빠져 버렸다.

이번만 해도 그렇다. 고블린 부족장. 전혀 예상치 못한 순간이었다. 지원이 석영이 전투 중인 동굴을 찾은 건 순전히 운이었다. 그냥 그 전날에도 우연히 던전을 하나 찾아 클리어해서, 그냥 또 있나 없나 하는 마음에 숲을 기웃거리다 발견했던 거다.

그렇게 그 남자, 정석영을 만났고 고블린 부족장과 함께 싸웠다. 치열한 혈투? 솔직히 아니었다.

석영의 입장에서야 혈투지만, 지원의 입장에서는 전혀 혈투가 아니었다.

"쉽긴 했지만… 더 센 놈들이 나오겠지, 후후."

이게 지원이 리얼 라니아에 매일 접속하는 이유다. 좀 더 강한 몬스터와 싸워보고 싶었다. 고통이야 그대로 느껴도 어차피 리얼 라니아상에서의 사망이 실제 사망으로 이어지진 않는다. 그리고 고통은 그녀에게 너무나 익숙한 감각이고, 실제 게임상에서 죽어도 어차피 '부활'이라는 어이없는 설정이 존재한다. 사실 그 점이 좀 불만인 지원이지만 어쩔 수 없었다. 그 세상에 대해 지원 자신이 관여할 수 있는 건 아무것도 없으니까.

잔에 남은 와인을 마저 마셨을 때, 초인종 소리가 났다. 참 빠르다. 어느새 도착한 아영이 입구에서 문을 열어달라고 통통 뛰고 있었다.

저 천진난만함이 있는 동생은 언제나 바닥에 있던 기분을 기분 좋게 끌어 올려주었다. 자신과는 다른 밝음을 가진 아영이의 모습에 지원은 저도 모르게 이미 입가에 미소를 짓고 있었다.

*   *   *

지원이 아영을 만나고 있는 그 순간, 석영은 고민에 빠져 있었다. 자신의 사냥 방법에 대한 전면적인 개편이 필요하다고 느끼고 있기 때문이었다. 솔직히 말해 타천 활을 믿었다. 믿어도 너무 믿었다. 여태껏 만난 것들은 그냥 구멍을 송송 뚫어 버렸으니 믿고 의지하는 거야 이상한 일도 아니지만, 그것도 인공지능이 부족한 놈들에게나 가능하다는 것을 오늘 고블린 부족장을 통해 알았다.

인간과 거의 비슷한 정도의 사고가 있는 놈.

따라서 예측이 쉽지 않은 놈이었다. 모니터 속 몬스터들처럼 일정한 턴에 일정한 특수 공격을 하는 그런 몬스터가 아니라, 자기가 하고 싶을 때 분노, 고통 등의 상태에 따라 공격 모션이 변하고, 공격 방식이 변했다.

이걸 알아차리지 못해 아예 탈탈 처발린 석영이다.

"아… 어쩌지."

진짜 보스로 분류되는 놈은 분명 석영 혼자는 무리였다. 타천 활이 놈의 방어력을 뚫고 들어가 타격을 주는 건 맞다. 그건 확실하지만 문제는 그런 타천 활도 맞혀야 무슨 상대를 할 것 아닌가.

활을 당기고 타깃팅을 끝내기도 전에 쫓아와 공격을 한다. 그러니 피할 수밖에 없는데 이 후퇴 속도와 놈이 달려드는 속도가 거의 비슷했다. 그러니 공격이 제대로 이루어지질 않았다. 가장 큰 문제는 그 부분이었다.

자신만만했는데, 이제는 오히려 축 처지는 느낌을 받는 석영이다.

'돌파구가 필요해.'

옛날의 버릇이 남아 있어 보드 판을 끌어다 놓고 일단 가능한 방법을 쭉 나열해 보지만 마땅히 '이거다!' 하는 방법은 떠오르지가 않았다. 하지만 석영은 이미 돌파구를 봤다. 그것도 불과 몇 시간 전에.

하지만 그걸 눈치채지 못한 석영은 일단 오늘 고블린 부족장을 잡고 먹은 아이템부터 적어 넣었다.

주화, 종류별 강화 주문서.

그리고 민첩의 목걸이.

"민첩의 목걸이라……. 이게 어느 정도 효율을 보여줄까."

답답함에 한숨이 나왔다.

이제 석영에게 남은 건 오직 리얼 라니아밖에 없었다. 친구도 없고, 가족도 없는 석영이다. 그런 그에게 삶의 의미를 부여해 주는 게 리얼 라니아밖에 없는데, 여기서도 발목이 잡히고 있으니 한숨이 나오는 건 아주 당연한 일이었다. '포기해. 포기하면 편해'라고 예전에 유행하던 말이 있었다.

솔직히 지금의 석영에게 가장 어울리는 말이긴 했다.

드륵, 드륵.

테이블 위에 있던 폰이 울기 시작했다. 보니까 모르는 번호였다. 석영은 당연히 받지 않고 통화 거절로 돌려 버렸다.

그러자 잠시 후 메시지가 왔는지 짧게 드륵, 하고 울었다.

확인해 보니 엄청 의외의 메시지였다.

[오늘 낮에 봤던 한지원이에요. 아영이에게 연락처를 얻어 전화했는데 안 받으시네요. 나중에 같이 게임도 했으면 좋겠어서 먼저 연락해 봤어요.]

한지원.

오늘 지원에게 쇼크를 먹인, 진짜 모든 의미에서 무시무시한 여자. 여인의 몸으로 석영을 바르고 있던 고블린 부족장을 아예 가지고 놀며 난도질을 쳤던 여인. 솔직히 말해 고블린 부족장은 한지원 혼자 잡았다고 해도 과언이 아니었다. 칼이 가죽과 근육만 겨우 가를 정도였다고? 그랬어도 아마 그 여인 이었으면 혼자 잡았을 거다.

"대단했지……."

진짜 턱이 툭 떨어질 정도로 대단했다.

석영은 오늘 아예 새로운 세상을 봤다고 해도 과언이 아니 었다.

"대체 어떻게 그렇게 움직일 수 있을까? 강화 주문서로? 아이템?"

혼잣말을 지껄이는 석영은 이제야 답을 찾은 사람처럼 보드
판 앞을 왔다 갔다 했다. 그리고 실제로 답을 찾은 게 맞았다.

북북. 기존에 썼던 것들을 일단 싹 지우는 석영. 그리고 가
장 위에 한지원을 적어 넣었다. 몇 가지 단어들을 줄줄 연결
하다가 딱 멈추었다.

"나는 그렇게 못 하는데 한지원은 했지. 이 차이점은 결
국……."

현실적 능력.

탁.

마지막 단어를 써넣은 석영은 그제야 가슴이 뻥 뚫리는 느
낌을 받았다. 리얼 라니아가 아닌 이곳에서의 석영은 지극히
평범한 인간이다.

신장, 체형, 외모, 지능, 지식 수준 등등 뭐 하나 내세울 만
한 게 없었다. 그나마 신장은 180 정도로 대한민국 평균을 조
금 웃돌지만 그것도 그리 대단한 건 또 아니다.

그럼 몸 쓰는 건? 석영은 단 한 번도 운동에 재능이 있다는
소리를 들어본 적이 없었다. 어렸을 적 축구를 해도 항상 수
비수 라인에서 털레털레 움직였고, 농구나 족구, 이런 건 아예
끼지도 못했다. 남들보다 높은 자존심을 가지고 있지만 그게
능력은 아니다. 오히려 주제도 모르고 나댄다고 욕먹기 딱 좋
을 정도였다.

그럼 한지원은?

'그 여자는 실제로도 그렇게 강했던 거야. 아아, 한지원. 맞아……'

전 세계가 인정한 액션 배우.

솔직히 이제는 홍콩 배우 견자단과 비교할 정도였다. 그만큼 한지원의 액션은 과격하면서도 아름다웠다. 사람들은 이제 인정한다. 한지원은 진짜 싸움을 제대로 배웠다는 것을.

그러니 그 믿지 못할 동작을 선보이며 고블린 부족장을 난도질한 게 이해가 갔다. 그 여자가 만약 타천 활에 버금가는 무기를 들고 있었다면? 고블린 부족장 따위는 아예 씹어 먹었을 거다.

그걸 생각하니 스스로가 참 한심했다. 타천 활은 분명 최고다. 라니아에서도 타천 시리즈와 비견되는 아이템은 아예 없었다.

문제는 그걸 손에 쥐고 사용하는 석영이다. 간단하게 예를 들자면 수십억을 호가하는 스포츠카가 있는데, 차 주인이 갓 면허를 딴 애송이 드라이버다. 그럼 그 스포츠카의 성능을 최고치로 끌어올릴 수 있을까? 절대로 못 끌어올릴 거다. 이렇게 근본적인 문제가 석영이면?

"나를 아예 싹 뜯어고쳐야 한다는 소린데."

하지만 어떻게?

대체 어떻게 서른다섯이나 먹은 육체를 뜯어고치지?

다행이라면 육체적 능력은 크게 재능이 없었어도, 석영은 나름 머리가 돌아가는 축에 속했다.

'재능이 아무리 없어도 어느 선까지는 올라갈 수 있다.'

그러니 활을 쓰는 방법을 최대한 현실에서도 체득해야 했다. 방법은? 연습이다. 그 선을 최대한 일단 끌어올려 놓고, 다음 방법을 찾아내야 했다. 석영은 그 방법도 알 것 같았다.

아이템.

그리고……

"강화."

부족한 부분은 아이템과 강화로 메우는 수밖에 없었다. 이게 석영이 생각한 최선의 방법이었다.

*   *   *

세상이 변했다.

누누이 설명했지만 세상은 확실하게 변하고 있었다. 석영이 현실과 리얼 라니아에서 극한 육체 단련을 수행하고 있는 이 순간에도 세상은 아주 빠른 속도로 변하고 있었다. 현실 세계도 그렇지만, 리얼 라니아도 마찬가지였다.

특히 던전, 석영이 발견한 고블린 던전들과 고블린 부족장의 던전은 모든 유저의 도전 정신을 아주 제대로 자극했다.

입구에는 전장의 저격수, 혹은 한지원의 이름밖에 없었다. 보스 던전은 저 두 사람의 이름만 적혀 있었고 말이다. 그게 뜻하는 바는 딱 하나였다. 모든 고블린 던전을 둘이서 각자 클리어했다는 소리다. 보스 던전은 둘이서 클리어했고.

근데 유저들은?

클리어는 무슨, 들어가는 족족 썰렸다.

던전은 무조건 5인 파티다. 한 던전에는 절대 5인 이상 입장이 불가능했다. 최초 나오는 한두 마리의 고블린들은 유저들도 이제 쉽게 잡을 수 있었다. 하지만 전사와 전투 중 흐름을 깨는 저주를 거는 주술사에서 무수히 많은 유저가 절망감을 느꼈다.

문제는 이놈들이 갑옷을 입고 있어 웬만해서는 칼이 안 박힌다는 것이었다. 게다가 공격 패턴이 완전히 불규칙했다.

저주도 마찬가지다. 입으로 저주의 주문을 중얼거리기 시작하면 거의 삼사 초 만에 저주가 발동된다. 저주는 주로 전사를 막는 탱커 계열이 목표였다. 흔하디흔한 마비 주문 때문에 탱커가 멈칫하는 순간 전사의 도끼가 탱커의 육신을 반으로 토막 내거나, 목을 날려 버렸다. 이때 원거리가 공격으로 주술사를 공격해도, 일정치 이상의 타격이 들어가지 않으면 그냥 무시하고 저주를 발동한다.

그러니 가장 중요한 탱커가 죽고 나면 그 이후는 그냥 대차게 썰리는 일밖에 남지 않는다. 탱커로 전부 들어와도 소용없었다. 이 경우에는 주술사가 벼락 한 방 떨어뜨려 주면 그냥 까맣게 구워지니까. 그럼 주술사부터 달려들면? 뒤에서 전사가 쫓아와서 뒤부터 썰어재낀다.

가장 이상적인 조합으로도 사냥이 불가능하다.

그렇다면 부족장은?

설명하는 시간이 아깝다.

전사와 주술사도 못 잡는데, 부족장은 칼집도 내기 힘들었다. 석영이 민첩 수치를 올려주는 빌의 유산을 기본 강화를 전부 끝내고도 안 되는 마당인데 말이다.

그렇다고 해서 완전히 불가능한 것은 아니었다. 세상에는 한지원만큼 전투 센스가 남다른 이들이 분명 있었기 때문이다.

학살에서 셋이나 죽었지만 첫 번째를 클리어했고, 그다음은 정의에서 마찬가지로 셋이 죽고 또 클리어를 했다. 물론 전사와 주술사 던전의 클리어였다. 그들도 부족장에게는 그냥 처발렸을 뿐이다.

그러자 라니아 홈페이지는 난리가 났다. 도대체 어떻게 저격수와 한지원이라는 사람이 부족장을 클리어했는지, 그 방법에 대해서였다.

부족장은 괴물이다.

이놈은 진짜 말도 안 되는 아주 강력한 괴물이었다. 죽을 각오를 하고 제대로 그으면 칼날이 살을 가를 수가 있기는 해도, 그 정도가 끝이었다. 칼날을 가르는 순간 도끼가 몸을 쪼개 버린다. 아무리 빨리 움직여도, 놈보다 빠를 수가 없었다.

게다가 공격 속도, 공격 패턴 전부가 무작위다.

화살은 꽂히지도 않고, 패턴은 일정하지도 않으니 뭘 어떻게 합을 짤 수가 없었다. 게다가 바바리안의 대지 강타와 비슷한 충격파는 악몽 그 자체였다. 피해도 공동 전체가 들썩이며 중심을 흔들리게 했고, 직격타에 맞으면 온몸이 풍압에 갈가리 찢겨 나갔다. 현 시점에서는 도저히 상대 방법이 안 나오는 놈인데, 그걸 단둘이서 클리어를 했단다. 그러니 논란이 안 일어날 리가 없었다.

던전을 찾은 거야 논란이 되진 않는다. 다들 리얼 라니아니까 그냥 온라인 게임 라니아에 있던 던전만 있는 줄 알았을 거다. 석영이 우연히 숨겨진 고블린 던전을 찾고 클리어하지 않았으면 이렇게 빠르게 나타나지는 않았겠지만, 결국 언젠가는 나오긴 나왔을 것이다.

문제는 도대체 어떻게 잡았냐.

딜이 들어가긴 하냐.

탱커는 어떻게 한 거냐.

논란의 주제 중 가장 큰 부분은 저 두 가지다. 나름 라니아를 해본 이들이 라니아상의 지식을 쏟아내 봤지만 말짱 꽝이었다. 이론만 빠삭하면 뭐 하나. 그 이론대로 부족장에게 도전했다가 여전히 개처럼 발렸는데.

이러한 논란을 해결해 줄 사람은 딱 두 사람이다.

석영과 한지원.

딱 이 둘밖에 없었다.

그러나 두 사람은 굳이 그걸 알려줄 생각이 없었다. 한지원의 괴물 같은 능력과 이단 물약 가속에 가속 스킬로 부족장의 행동을 묶었고, 이어 타천 활로 급소 크리티컬 딜을 넣어 잡았다고 밝힌다면 더욱 골치만 아파올 것이다.

타천 활에 미쳐 드랍이나 훔치려고 석영을 눈에 불을 켜고 쫓아다니는 놈들도 분명 나올 테니 말이다. 그러니 차라리 안 말하는 게 상책 중에서도 상책이었다. 이 논란은 꺼지지 않는 지옥의 불, 헬 파이어처럼 끝없이 타올랐다.

연일 새로운 의견이 쏟아지고, 그걸 정리해서 간덩이 큰 놈들이 도전하지만 그 누구도 증명해 내지는 못했다.

일단 첫 번째 문제는 유저들이 지금 들고 있는 무기로는 가죽과 근육은 조금 벨 뿐, 치명상을 입히기에는 무리가 있었다. 거기다 더 큰 문제는 공격과 거의 동시에 카운터처럼 날아오는 부족장의 공격을 막을 수가 없었다. 차라리 공격을 포기한 채 빠르게 피하더라도 도끼가 땅에 떨어지는 순간 충격파가 공동 전체를 뒤집는다. 이후 무조건 가장 가까이 있던 유저가 눕는다. 이건 지금까지 한 번도 변하지 않았다. 그다음? 역시 말해 뭐 하나. 학살만 남을 뿐이다.

근데 이 부분은 이상했다. 석영 때는 충격파가 공동 전체를 휩쓸지 않았기 때문이다. 부분적으로 쓸고 가서 피할 곳이 분명 있긴 했다. 예를 들면 부족장의 시야 밖이나, 아예 등 뒤처럼 말이다. 그런데 지금은 공동 전체를 아울러 충격파가 쓸고 가고, 약 삼 초에서 오 초간 육체가 강제로 멈췄다.

석영은 홈페이지를 보면서 그 이유를 알 수 있었다.

진화.

혹은 학습.

한지원에게 썰리고, 석영에게 크리티컬로 잡혔다. 문제는 여기서 충격파를 한지원이 시야 사각으로 빠지며 피했다. 석영도 지원의 등장 후 거의 시야 밖, 혹은 뒤쪽에 있었다. 그래서 육체가 멈추지는 않았다.

그러니 당연히 딜을 넣는 게 가능했고, 잡을 수 있던 거다. 무서운 리얼리티다. 진짜, 몬스터가 진화나 학습을 해서 강해지다니. 지금은 석영과 한지원이 다시 들어가도 아마 잡지 못할 거였다.

그렇게 강해진 고블린 부족장.

난공불락 넘사벽의 괴물로 불리기 시작했지만 도전은 여전히 계속됐다. 특히 학살과 정의 혈맹, 그리고 전장의 저격수 하나에게 진짜 철저하게 발렸던 맹견 혈맹의 도전은 하루가 멀다 하고 계속됐다.

그러나 당연히 결과는 유저 몰살로 나타났을 뿐이었다.

이러한 부족장 클리어 열풍을 몰고 온 석영은 지금도 온전한 사냥법을 익히느라 정신이 없었다.

*　　　　*　　　　*

"훅훅!"

석영은 거친 숨을 토해내며 황무지를 달렸다. 석영의 뒤로는 어기적거리는 좀비가 어처구니없게도 무슨 스포츠카처럼 빠른 속도로 쫓아오고 있었다. 육체는 이미 기본 강화를 모두 끝낸 상태다. 그래서 지금 석영이 달리는 속도는 웬만한 육상 단거리 선수보다도 빠른 수준이었다. 아니, 초로 재보면 못해도 100m는 7초 중후반에 들어오지 않을까 싶을 정도로 빠르게 달리고 있다.

그런데 좀비가 따라온다. 겨우 좀비 따위가…….

라니아에서 좀비의 가장 큰 단점은 이동속도였다. 그래서 언제나 원거리 계열 공격에 캐릭터에 도착도 전에 녹아버리기 일쑤였는데, 여기 리얼 라니아는 아니었다. 빠르다. 진짜 속된

말로 개빠르다는 말이 절로 나올 정도로 빠르다.

휙!

상체를 튼 석영이 순식간에 시위를 당겼다. 화살이 생성되고, 그간의 노력으로 조준 감각이 거의 1초 만에 딱 잡혔다. 망설임 없이 시위를 놓는 석영.

투웅……!

퍼걱!

단발에 십 미터 정도 뒤에 있던 좀비의 대가리가 그대로 날아갔다. 정말 대가리가 먼지로 화해 흩날렸다. 타천 활은 말 그대로 타락 천사 루시퍼를 잡고 나오는 아이템이다.

세계관 설정상, 아이템 설정상 타락 천사 루시퍼는 마(魔)의 끝에 있는 존재이기 때문에 언데드에도 매우 강력한 자체 추가 타격을 가지고 있다. 그래서 언데드는 한 발만 맞아도 그 부분이 거의 폭발하듯 터져 버렸다.

형태가 인간형 몬스터라 머리 혹은 살아 있을 때 심장이 있었던 부분이 치명적 급소였다.

"훅! 훅!"

석영은 여전히 달렸다. 솔직히 궁수의 전투 방식과는 어울리지 않는 현재 석영의 전투다. 사방이 휑한 황무지를 굳이 고른 이유는 당연히 다양한 전투 센스를 끌어올리기 위해서였다. 회피, 도주 중 공격, 혹시 포위됐을 경우를 생각한 근접 회피, 게다가 타천 활의 대미지 실험까지 전부! 전부 다시 하고 있었다.

타천 활의 대미지는 이제 충분히 알겠다.

라니아는 무기의 대미지를 숫자로 표기해 줬다. 예를 들어 작은 몬스터에게는 10, 큰 몬스터에게는 12, 이런 식으로.

하지만 리얼 라니아는 그러지 않았다. 아이템 이름과 설명만 간략하고 붙고, 부가 옵션이 붙었다면 딱 그것만 더 보여주고 끝이다. 즉, 대미지는 스스로 실험을 해봐야 하는 거다. 고블린 부족장도 급소 크리티컬로 잡은 타천 활이다. 옵션이 죄다 봉인되어 있다 하더라도, 기본 타격으로 좀비 정도야 급소 한 방으로 충분히 보낼 정도는 됐다.

퍼걱!

세 마리 중 두 마리의 대가리가 재가 되어 흩날렸다.

이제는 제법 달리면서도 허리를 비틀어 순간 조준 사격이 가능해졌다. 조준 감각도 나날이 향상 중이었기에 더 발전한다면 분명 겨누는 순간 조준이 맞혀지는 날도 올 거다.

지직!

두 마리를 잡고 달리던 걸 멈추는 석영.

―크워어어어!

라니아의 좀비와 완전히 똑같은 좀비가 멈춘 석영에게 아가리를 벌리고 달려들었다. 석영은 고개를 숙이며 회전해 깔끔하게 피해냈다. 이어 좀비가 다시 다리를 멈추며 뒤를 도는 순간, 석영은 이미 시위를 당기고 있었다.

조준.

사격.

퍼걱……!

단방에 주먹만 한 구멍이 뚫렸고, 뚫린 구멍에서부터 잿빛 가루가 흩날렸다.

─크어, 크어어…….

털썩.

풀썩 쓰러지는 좀비의 머리를 그대로 밟아버렸다.

쩍!

소리가 나면서 땅에 묻힌 머리에서 진녹색 피가 악취와 같이 흘러나왔다. 사체 세 구를 회수해 인벤토리에 넣고, 석영은 하늘을 슬쩍 봤다. 해는 거의 서산마루 근처에 다가와 있었다. 이제 조금 있으면 주변은 어두워질 거고, 언데드는 더 강해질 거다.

그래도 어쩌면 잡을 수 있겠지만, 문제는 어둠이다. 라이트 마법도 익히지 못해 어두워지면 정말 한 치 앞도 안 보여 답이 없었다. 게다가 언데드는 밤이 되면 강해진다. 그러니 지금 사냥을 계속하는 건 새로운 자살 방법이 될 거다.

망설임 없이 귀환 주문서를 찢어 마을로 돌아온 석영은 오늘 잡은 좀비 사체를 전부 처리하고, 주변을 둘러봤다.

글로츠 마을 광장 분수대.

이곳은 어느새 수천 명도 수용이 가능할 정도로 커졌다. 원래는 겨우 백 명 정도 들어올까 말까 했는데, 유입 유저가 많아질수록 점점 더 커지더니 지금은 감히 가늠하기 힘들 정도로 변했다.

현실과 게임이 공존하는 리얼 라니아. 이러한 변화는 여전히 어느 순간 뚝딱, 게임의 법칙을 따랐다.

수백수천의 유저가 아이템을 파는 게 보였다. 동서남북으로 구분해 동은 무기, 서는 방어구, 남은 물약, 북은 주문서, 이런 식이다.

이런 곳에서 원하는 아이템을 사려면 시세가 없으니 그냥 발품을 파는 수밖에 없었다. 석영도 몇몇 아이템은 여기서 샀다. 하지만 오늘은 별로 살 게 없었다.

신녀를 찾아 로그아웃을 한 석영은 씻고 저녁을 먹은 뒤, 다시 라니아 홈페이지로 들어갔다.

아이디 비번을 입력하자 여전히 쪽지는 폭주했다. 아영이에게 온 쪽지가 가장 많았고, 라니아 운영진, 혈맹 란저씨와 란줌마가 차례대로 순번을 차지했다. 필요한 것만 골라 읽고 싹 지우고는 PC를 껐다.

　　　　　*　　　　　　*　　　　　　*

강화 시스템.

현재 고블린 부족장을 빼면 라니아의 가장 뜨거운 화두 중 하나가 바로 이 강화 시스템이었다.

리얼 라니아의 물건 말고도 현실 세상의 모든 걸 강화할 수 있는, 현실을 비틀어 버리는 괴상망측한 시스템이었다. 육체를 뺀 물건에 건 강화는 이상하게도 영구적으로 사용이 가능하다.

수많은 학자가 이 알고리즘을 파헤치려 달라붙었다. 하지만 라니아 홈페이지에 올라온 정보 이상 파헤친 학자들은 아직 없었다.

하지만 포기하지 않고 아주 끈덕지게도 달라붙었다. 물론 석영도 그중 하나였다. 학자는 아니었지만 라니아가 삶의 의미를 가져다주는 일부가 되었기에 강화 시스템 같은 현실과 접목된 것들은 아주 중요한 부분이 될 수밖에 없었다.

그리고 이미 정하지 않았나.

사냥법의 숙련과 아이템, 그리고 강화만이 자신을 아주 높은 곳에 데려다줄 것이라는 확신을 말이다.

일요일 저녁, 석영이 유일하게 쉬는 하루다. 사냥도 정신적인 스트레스를 동반한다는 걸 이미 충분히 깨달았다. 육체 단련도 마찬가지다. 몸과 정신이 쉴 시간은 반드시 줘야 하는데, 석영은 그걸 1주일에 하루, 일요일로 잡았다.

"신기하단 말이야."

강화 주문서를 꺼내놓고, 노트북으로 라이나 홈페이지를 확인하다 말고 중얼거렸다. 이미 실험 정신 투철한 이들이 육체 강화를 해봤다. 결과가 어떻게 나왔을까? 날아갔을까? 아니면 성공에서 +5로?

아쉽지만 둘 다 아니었다.

육체 강화는 기본 강화에서 딱 막혀 있었다. 아이템이나 현실 물건 강화는 버젓이 +6 이상 올라가게 해봤으면서 말이다.

대체 왜 육체 강화는 4 이상은 안 될까에 대한 갑론을박이 당연히 펼쳐졌지만, 아주 당연히 이 역시 밝혀지지 않았다. 하지만 매우 신빙성이 있는 추론은 나왔다.

"게임으로 따지면 이제 겨우 초보 존을 벗어나는 시기이니 밸런스 조절을 할 의도이고, 점차 시간이 지나고, 유저들의 아이템과 실력이 높아지면 자연히 풀릴 것이다,라……."

한 유저의 추론은 매우 많은 추천을 받았다. 석영은 이 의견에는 공감했다. 그 추론에 대한 반대 의견으로는 밸런스는 무슨, 고블린 부족장만 해도 막장인데! 하는 의견이 가장 강력했지만, 석영은 고블린 부족장에 대한 공략법을 대충은 파악한 상태였다.

한지원의 가속.

자신의 더블 샷.

한지원은 충격파를 이단 가속 상태에서 다시 가속 스킬을 사용해 피했고, 석영은 딜을 더블 샷, 크리티컬 시스템으로 잡았다. 다른 유저들도 이와 같은 스킬을 익히고 충분히 익숙해지면 고블린 부족장은 클리어가 가능해질 것이다.

다만, 아직 스킬은 정말 극소수만 풀려 있는 상황이었다. 홈페이지에 올라온 걸 보면 석영과 지원을 포함해 겨우 열 명 내외인 것 같았다. 그만큼 현재 스킬은 아주 귀한 놈이었다.

석영은 현재 장비는 사냥꾼 빌의 유산만 +5강까지 올린 상태였고, 나머지는 다 기본 +4강 상태였다. 장비가 좋은 게 나오질 않으니 굳이 강화를 할 필요성을 못 느꼈다.

라니아의 부위별 아이템은 꽤나 많았다. 하나씩 열거하자면 머리, 목걸이, 갑옷, 티셔츠, 망토, 장갑, 반지 양쪽, 방패, 벨트, 부츠, 무기까지 해서 총 12부위다. 이는 초기 라니아의 설정이 그대로 들어가 있었다.

"세계관 설정이 어지러워. 사냥꾼 빌의 유산도 그렇고… 라니아에는 없던 아이템들이 나온다 말이지…….."

석영의 중얼거림은 매우 중요한 부분이었다.

기본적인 투구나 티셔츠, 보망 등을 얻었음에도 +4강까지만 하고 더 이상 강화를 진행하지 않았다. 분명 사냥꾼 빌의 유산 같은 아이템이 또 나올 거라 예상했기 때문이다. 그런 설정이 붙지 않은 아이템이라면 석영은 절대 4강 이상 강화할 생각이 없었다. 결국 초반에는 강해지는 한계가 정해져 있었다.

한지원은?

석영이 보기에 그냥 그 존재 자체가 괴물처럼 보였다.

"무슨 전직 특수 요원이라도 되나? 대체 어떻게 그런 움직임이 가능하지……?"

솔직히 그날 한지원의 움직임은 아직도 잊을 수가 없었다. 인간이 아닌 무슨 동물을 보는 심정이었다. 그것도 무게중심의 끝판왕이라는 고양잇과 동물 말이다. 이후 한지원이 영화배우 한지원이라는 걸 알고 그녀가 나온 출연작을 모조리 챙겨 봤다. 감상평을 짧게 말하자면…….

지독한 아름다움이었다.

처절한 아름다움이었다.

액션 하나에 혼이 들어가 있기라도 한 것처럼 거칠고 아름다웠으며 생동감이 지나치게 강했다.

진짜 때리는 게 아닐까 할 정도로 피가 현실적으로 튈 때도 있었다. 압권이었던 건 밧줄 하나에 의지해 예전 홍콩 배우 청룽처럼 대역 없이 그 모든 액션을 소화한다는 점이었다.

헬기에서 강으로 떨어지는 건 예사고, 고층 건물에서 와이어 하나 달고 위험천만한 액션을 찍는다든가, 정말 말도 안 되는 장면들이 너무나 당연하게 나왔다. 그런 움직임이 가능한 여배우이다 보니 리얼 라니아에서도 같은 움직임을 보이는 건 솔직히 의문이 생기지도 않았다. 멘탈과 육체 능력은 이미 현실에서도 충분히 증명이 됐으니까. 그런 마당에 육체 강화 시스템의 영향까지 받았다면······.

그야말로 타천 활 같은 사기급 무기가 없어도 존재 자체가 사기가 되는 거다.

타천 검이 있었다면? 자신처럼 버그로 캐릭터가 쓰던 장비가 딸려 왔다면? 그녀는 이 리얼 라니아의 제왕이 될 거다. 그건 단언할 수 있었다.

"지고 싶지 않네······."

착 가라앉은 혼잣말.

석영은 그런 그녀에게 지고 싶지 않았다.

현실에서는 아니었지만, 라니아에서만큼은 최고였다. 우연히 운 좋게 먹은 타천 활을 3까지 띄우고 나서부터는 서버 지존이었다. 리얼 라니아가 생기고 타천 활이 버그로 딸려 왔음을 알았을 때, 그는 당연히 이번에도 자신이 최고가 될 줄 알았다. 그런데 아니다.

한지원.

괴물이 존재한다.

"그리고 그런 괴물이 한지원 혼자는 아니겠지."

분명 한지원과 비슷하거나 혹은 조금 부족하더라도 충분히 괴물 소리를 들을 만한 인재들이 있을 거다. 현실에서 무예를 익혔다든가, 격투기 선수, 스포츠 선수, 특수 요원 등 분명 더 있을 거다.

"현실의 능력이 고스란히 반영된다는 게 이런 독이 있군……."

그에 비해 자신은?

평범하다.

몸 쓰는 건 더! 지독히도 평범하다.

그나마 란저씨이기에 남들보다 조금 더 게임에 대해 잘 알 뿐, 그게 끝이었다. 자신만큼 빠삭한 이들은 지금 당장 라니아 홈페이지에서만 찾아도 수두룩하니까. 그러니 그것도 특별한 건 아니었다.

따라잡으려면?

"남들보다 빠르게 움직여야 돼. 최대한 사냥터를 먼저 찾고, 독식하고, 아이템과 주문서를 처바르면서 달려서라도 가장 앞줄에 서 있어야 돼……."

그게 안 되면 금세 추월당할 거고, 이어 도태당할 거다.

안 그래도 한지원은 이미 바짝 쫓아왔고, 아니, 이미 그녀는 석영을 넘어섰다. 단순 육체적 능력만으로 말이다. 그러니 일단 그녀는 빼야 한다. 근데 그녀를 빼고도 자신을 노리고 달려드는 학살, 정의, 맹견 혈맹이 있다.

그 외에도 현재 가장 앞선 전장의 저격수를 목표로 달리는 이들이 수두룩할 거다.

무예가, 격투가, 스포츠 선수, 군인, 경찰, 특수부대 요원 등 다양한 군상들이 분명 자신의 자리를 노리고 달려든다.

석영은 확실히 필요한 걸 정해야 했다. 그리고 필요 없는 것은 버려야 했다.

모험과 전투에 대한 용기, 투지, 도전, 이런 것들은 챙기되 두려움, 공포, 사망 페널티 등은 버려야 하는 쪽으로 잡았다.

"선행 수치를 믿어봐야지……."

아직은 유저를 죽인 적이 없으니까 죽어도 아이템 드랍은 없을 것 같았다.

이 정도 사냥했으면 분명 수치는 끝을 찍었을 거다. 문제는 죽음에 대한 두려움, 그 자체다. 고통은 실로 끔찍할 정도로 리얼하다. 손목이 잘리면? 진짜 그 정도의 고통이 느껴진다고 했다.

지옥불로 절단면을 지지는 그런 느낌이 생생하게 뇌리로 전달된다고 했다. 하지만 그렇다고 해도 자신의 사냥 방법을 버릴 필요는 없다. 타천 활은 아직까지도 최고이고, 리얼 라니아가 후반까지 간다고 헤도 어쩌면 최고일 테니까.

"후우……."

결정하고 나니까 리얼 라니아에 접속하고 싶어졌으나 참았다. 반드시 쉬기로 한 하루다. 말했듯이 오늘 정신적, 육체적 피로를 최대한 풀어줘야 내일부터 또 제대로 된 사냥이 가능하다.

육체적인 피로도 문제지만 석영은 정신적 피로를 더 중요시했다. 멘탈 보정이 사냥에 대한 거부감을 아예 없애주는 건 아니었다. 담담하게 무시하게 만들어주는 거지. 그러니 정신적 피로도 누적된다.

이건 이미 라니아 홈페이지에도 올라온 정보였다.

그럼 쉴 때는 뭐가 제일 좋을까? 석영의 경우는 그냥 드라마나 영화를 보며 풀었다. TV를 켜니 바로 정규 방송 뉴스가 나오고 있었다. 요즘 뉴스는 반이 리얼 라니아에 대한 얘기다. 지금도 마찬가지였다.

여성 앵커가 클럽의 내부 사진을 스크린에 띄우고는 어제 저녁에 있었던 살인 사건을 설명하고 있었다. 범인은 요즘 핫하게 떠오르는 쓰레기다.

이름 김정민.

라니아 유저이고, 거기서 얻은 힘으로 젊은 여성들을 강간하고 죽이는 살인마. 이어서 김정민의 사진이 스크린에 떴다.

범죄 경력도 같이 떴고, 정신과 치료를 받았던 것도 떴다. 놈은 유저가 되기 전에도 강간 미수와 성희롱, 폭행 강도 사건을 아주 밥 처먹듯이 저질렀던 놈이다.

"저런 새끼가 멘탈 보정의 효과를 받았으니……."

천하의 쓰레기가 되는 건 기정사실이었다. 멘탈 보정 자체가 살인에 대한 거부감을 없애주니 말이다. 꾸역꾸역 잡고 있던 사회의 혼란을 가중시키는 것들. 그게 저 김정민 같은 새끼들이다.

앵커는 이어 유저 전담 팀이 신설됐는데, 그 팀원들은 모두 유저로 구성될 것이며 김정민 같은 유저들만 전담하게 될 거라고 전했다.

솔직히 말해 이번 대처는 굉장히 빠른 축이다. 아주 다행인 것이 대한민국의 현 대통령과 정부의 위기 대처 능력이 아주 좋다는 점이었다. 그래서 대한민국의 상황은 세계에서 가장 좋은 축에 속했다. 일본이나 중국 같은 경우는 범죄의 국가가 되어가고 있었고, 그걸 수습 못 해 아직도 패닉 그 자체였으니까 말이다.

뒤이어 나오는 뉴스도 역시 리얼 라니아에 대한 내용이었다. 그런데 그 내용은 소파에 등을 깊숙이 묻고 있던 석영을 일으키게 만들었다.

―속보입니다. 정의 혈맹 심의명 군주와 혈원들이 목숨을 건 탐험 끝에 글로츠 마을에서 남서쪽으로 일주일 거리에 새로운 마을을 발견했다는 소식입니다. 심의명 군주를 김나영 기자가 직접 만나봤습니다.

"허⋯⋯?"

새로운 마을?

이건 생각도 못 했다. 물론 라니아에 마을은 꽤나 된다. 성도 있고. 하지만 석영이 생각도 못 했다고 말하는 건 설마 글로츠 주변도 개척이 안 된 마당에 다른 마을을 찾았다는 점이었다.

화면에는 이제는 대한민국 최고의 스타 반열에 오른 정의 혈맹 군주, 심의명이 나왔다. 단단한 인상의 사십 대 초반의 사내. 짧게 자른 스포츠머리에 두 눈에 깃든 정명함이 아주 인상적인 사내였다.

인터뷰의 내용은 짧았다.

하지만 석영이 궁금해하던 정보는 싹 들어 있었다.

"우르힌 마을⋯⋯."

거기에 뭐가 있었더라?

사막, 사막이 있었다.

사막엔 뭐가 있었더라?

초중반 사냥에 무한한 도움을 주던… 높은 경험치, 보석류와 마법 투구, 축복받은 이동 주문서를 아주 잘 주는 곳이 있었다.

"개미굴."

석영은 내일 당장 정의 혈맹이 공개한 우르힌 마을로 달려가기로 했다.

우르힌 마을.

실제 라니아상에서는 별것 없는 마을이었지만, 리얼 라니아라면 얘기가 완전 달라졌다.

수많은 유저가 정의 혈맹이 찾은 우르힌 마을로 오려고 했지만 도착했다는 이들은 아주 극소수였다. 이곳으로 오는 길은 분명 개척되어 있었지만, 그 주변 몹까지 전부 정리한 건 아니었다. 그리고 고블린보다 더 강력한 놈들이 개척로를 장악하고 출몰하는데, 이놈들이 여간 위험하고 강력한 게 아니었다.

오크(Orc).

J. R. R. 톨킨이 창조해 낸 이 몬스터는 거의 모든 게임에서 기본 몬스터로 등장했다. 하지만 톨킨의 이야기에서나 강력했지, 지금은 거의 대부분 하급 몬스터로 설정을 잡았다. 실제 라니아에서도 마찬가지였다.

　업데이트가 되면서 후반에는 좀 세졌지만, 그 이전까지는 몇 방 때리면 '꾸엑!' 하고 돈과 템을 떨어뜨리고 사라지는 그런 약한 몹이었다.

　그럼 리얼 라니아에서는?

　"하여간 이놈에 미친 난이도는 진짜……."

　답이 없었다.

　오늘로 벌써 네 번째 도전이다. 세 번이나 겨우 하루 이틀 거리를 이동하고 다시 글로츠 마을로 귀환했다.

　첫날 노숙 준비를 안 했다는 이유를 빼면 다른 이유야 아주 심플하다.

　오크, 이것들이 진짜 너무 셌다. 일단 인공지능 자체가 엄청났다. 타천 활은 한 방이 매우 강력해서, 제대로만 저격하면 오크도 역시 한 방에 죽일 수 있었다. 하지만 문제는 첫 번째 저격이 성공하는 순간, 남은 오크들이 아주 전형적인 포위진을 짜고 달려들었다.

　오크 전사 셋, 궁수 하나, 주술사 하나로 이루어진 이놈들은 매우 날래고, 강력했다. 빌의 유산과 민첩의 목걸이의 영향으로 이제는 거의 100미티도 육 초 대에 달리는 석영을 어렵지 않게 쫓아왔다. 딱 거리는 좁혀지지 않는 속도이니… 오크도 육 초 대에 달린다는 소리였다. 물론 그건 전사와 궁수만 그랬다.

따로 유인책을 펼쳐보아도, 주술사와 어느 정도 거리가 벌어지면 추적을 포기하고 되돌아간다.

그리고 대체 어떤 시스템이 또 들어가 있는 건지, 금세 한 마리가 또 보충된다. 그래서 사냥은 포기하고 이동하려 해도, 막다른 골목이 있어서 사냥을 해야만 지나갈 수 있는 지점이 있었다.

궁수의 기본 사냥 패턴은 당연히 원거리 공격이다. 오크 한 마리를 잡은 후 재빠르게 다시 시위를 당기고 싶어도, 오크들에게도 궁수가 존재했다. 바로 화살이 날아오니 피해야 하고, 이 짧은 순간 전사들이 짓이겨 들었다.

아주 전형적인 패턴인데, 이게 석영이 혼자이다 보니 매우 깨기 까다로웠다.

'어쩐다……'

석영은 수풀에 숨어 다리 근처를 배회하고 있는 오크 파티를 보고 있었다.

빠른 걸음으로 삼 일, 느리게 이동할 땐 이틀 정도 걷다 보면 나오는 협곡의 공중 흔들 다리.

여긴 돌아갈 길이 없었다. 심의명은 저들을 강제로 뚫었다고 했다. 그것 말고는 절대 방법이 없다고도 덧붙였다.

'잡긴 잡아야 하는데……'

주술사와 궁수가 딱 다리 입구 바위에 대기하고 있었고, 전사만 어슬렁거리면서 돌아다니고 있었다. 궁수도 문제지만, 주술사도 확실히 문제다. 놈의 결박 주술은 상대하기 매우 까다롭다.

동굴에서는 그냥 주술사부터 딱 저격하고, 전사를 상대했다. 하지만 여기서는 그게 안 먹혔다. 주술사와 궁수를 다 조진다고 해도 그 순간 아마 삼면을 포위해 들어온 전사들의 도끼나 거대한 몽둥이가 머리로 떨어질 거다.

이때부터는 난장판 개싸움을 펼쳐야 되는데, 상식적으로 생각하자. 궁수가 전사보다 잘 싸울 수는 없는 법이다.

리얼 라니아는 무기와 스킬로 직업이 정해진다. 활을 쓰다가 검을 쥐면 검사가 되는 거다. 하지만 매우 안타깝게도 석영의 근접 전투는 굉장히 별로였다. 아직도 딱 일반인 수준. 막타를 먹일 때나 단도나 발을 쓰지, 대부분의 전투는 모두 타천 활의 한 방으로 끝낸다. 그리고 지금까지는 그 정도로도 충분했다.

'후우, 더블 샷의 타깃만 바로 바꿀 수 있었어도……'

한때 연습을 해본 적이 있었다.

어쨌든 한 방이면 잡을 수 있으니까, 더블 샷의 타깃을 둘로 나누면 순식간에 둘을 정리할 수 있지 않을까 하고. 하지만 불가능했다. 더블 샷은 무조건 원 타깃이다. 둘로는 절대로 안 나누어지도록 시스템상 설정이 잡혀 있었다.

그럼 여기서 포기?

설마, 포기할 마음이었으면 깔끔하게 떠났을 거다. 심의명은 그랬다. 저 다리만 넘으면 우르힌 마을까지 그리 어렵지 않다고. 거리만 길지, 숨을 곳도 넉넉하고 오크의 분포도도 그리 위협적이지 않다고 했다.

희생이 따랐던 건 처음 가는 길이고, 가끔가다 습격을 받아 그렇다고. 고로 저기만 넘으면 된다는 뜻이다. 석영은 조급히 움직이지 않았다. 그나마 다행인 게 저놈들, 후각은 그리 좋은 편이 아니었다.

일단 먼저 주변을 살폈다.

'저격 포인트는 넷.'

전부 나무 뒤나 바위 뒤다.

하지만 석영은 놈들의 인공지능을 떠올리고는 바로 고개를 저었다.

'선공은 절대 바로 걸려서는 안 되니까 다른 방법을 찾아야 돼.'

바꿔야 했다.

구름이 끼는지 머리 위로 내리쬐던 햇볕이 점차 사라졌다. 그에 슬쩍 고개를 치켜들다가 멈칫했다.

'아… 찾았다.'

나무 뒤가 아닌, 나무 위.

잘하면 되겠다 싶은 석영이었다.

나무 위에서 저격을 가하면 못해도 세 번의 저격이 보장될 것 같았다. 시작은 주술사, 다음은 궁수, 그리고 이후 전사 하나만 잡을 수 있다면 남은 두 놈은 어떻게든 잡을 수 있을 것 같았다.

'그냥 냅다 튀어도 되고……'

굳이 꼭 잡지 않아도 된다. 저 다리를 건너는 게 목적이니까.

석영은 위치가 좋은 나무를 찾기 시작했다. 그리고 오래 지나지 않아 조건이 딱 맞는 나무를 찾자 살금살금 엎드려 이동을 시작했다. 군대에서 배운 포복을 이 상황에 쓰고 있다는 현실에 잠시 기가 막혔지만, 그래도 꾹 참고 목적지까지 도착한 석영은 바로 나무를 타기 시작했다. 이 역시 방송에서 봤던 나무 타던 법이다. 원래라면 못 하겠지만, 한계까지 강화된 육체는 이 정도는 그냥 껌으로 만들어줬다. 5미터는 더 올라가 자리를 잡은 석영은 거리, 그리고 각을 자세히 살폈다.

딱 좋았다.

아주 딱 좋았다.

거리는 약 100미터. 그리고 앞으로 빼곡히 자라나 있는 나무들 사이로 주술사와 궁수가 딱 보인다. 두 놈만 재빨리 저격을 끝내면 된다.

'후우.'

심호흡을 한 뒤, 시위를 당기는 석영.

마음먹었으면 바로 실행이다.

흡.

숨을 멈추고, 조준 감각이 찾아오자 바로 시위를 놨다.

퉁!

새까만 그림자가 순식간에 공간을 격했다. 그 순간 이미 석영은 다시 시위를 당기고 있었다. 픽! 확인할 새도 없이 다시 조준하고, 놨다.

투웅……!

퍼걱!

ー크롸라!

ー취리릭!

ー취릭! 취리릭!

전사 세 놈이 동시에 사방을 살폈다. 하지만 아직 석영을 발견하지 못하고 그 주변에서 으르렁거렸다. 석영은 침으로 입술을 축이고는 다시 시위를 당겼다. 하지만 놓진 않았다. 아직 각이 나오질 않았으니까.

놈들은 흥분했다.

당연히 의미 모를 괴성을 난폭한 투기와 함께 사방으로 지르기 시작했고, 쿵쿵 뛰기 시작했다.

하지만 이놈들은 진짜 영악하게 일정한 거리 이상 떨어지지 않았다. 언제고 기습이 있을 시 서로를 보조할 수 있는 거리를 잡고 움직였다. 막 움직이는 것 같지만 그 안에는 일정한 법칙이 있었다.

'대단한 새끼들…….'

저건 몬스터가 아닌 그냥 다른 종족이다.

실제로 오크는 몬스터보다는 인간의 하위 종족으로 많이 묘사된다. 리얼 라니아의 오크는 과학기술만 인간에게 뒤질 뿐, 이미 하나의 거대 종족이었다.

—취익! 취리릭!

그때 한 놈이 나무 위에 몸을 숨기고 있던 석영을 잡아냈는지, 정확히 석영을 향해 달려왔다. 석영의 입가에 바로 쓴웃음이 매달렸다. 대체 어떻게? 의문이 깃든 웃음이었다. 하지만 그런 의문은 나중에 하는 거고, 지금 당장은…….

퉁!

퍽!

놈들을 잡을 때다.

나무 사이로 통과하던 딱 그 시점을 노린 석영의 공격이 정확히 가장 앞에 있던 놈의 대가리를 날려 버렸다. 투구를 쓰고 있었지만 오크의 투구 따위가 타천 활의 한 방을 막는다는 건 어불성설이었다.

—크와왁!

—취이익!

또 의미 모를 괴성, 아니, 대화와 함께 두 놈이 바로 산개해서 나무 뒤로 숨었다. 석영도 그 순간 나무에서 내려와 다른 나무로 바로 이동해 몸을 숨겼다.

'후우······.'

그리고 속으로 한숨을 흘렸다.

대단한 놈들이다, 진짜.

인간처럼 행동하고 움직이는 몬스터, 아니, 하나의 종족을 상대하는 기분이었다. 고블린 부족장만큼은 아니지만, 거의 석영과 비슷한 신장과 우락부락한 근육질에 진녹색 피부를 가졌다. 그런 놈들이 손에 거대한 망치, 도끼, 몽둥이 같은 걸 들고 은밀히 접근해 오고 있었다. 그 긴장감, 이 공포와 두려움은 경험해 보지 않은 이들은 절대 모를 거다.

말 그대로 괴수가 자신의 목을 물어뜯으러, 온몸을 짓이기려 다가오고 있는 거니까. 하지만 이미 굳게 다짐했다.

이겨내기로.

공포와 두려움은 버리고, 투지와 용기로 맞서겠다고. 이 뭔 중2병 같은 생각이냐고 비웃겠지만 리얼 라니아에는 이런 마음가짐이 제일 필요했다. 멘탈 보정은 전투에 대한 거부감을 없애주는 거지, 용기백배 버서커 모드로 바꿔주는 건 아니었다.

　그러니 이런 과정은 스스로 이겨내야 했다.

　―쉬익!

　―쉬이익…….

　정확히 양쪽에서 천천히, 아주 천천히 접근하고 있었다. 하지만 놈들은 아려나? 숨소리에 버릇처럼 쉭쉭거리는 소리가 끼어들어 있다는 걸. 그리고 놈들과 자신의 거리를 잡기엔 그 숨소리만으로도 충분하다는 걸.

　'대략 20미터…….'

　석영은 천천히 시위를 당겼다.

　두드득!

　시위가 늘어지며 새까만 무형 화살 한 대가 끝에 걸렸다. 연기처럼 꾸물거리는 이놈은 고블린 부족장의 방어도 뚫은 놈이다. 그보다 밑인 오크의 숨통쯤은 단방에 날려 버릴 게다. 그리고 그건 이미 앞선 전투에서 확인했다.

　푸스스.

　푸스스스.

수풀이 간드러지는 소리와 쉭쉭거리는 소리는 여전히 동일한 방향에서 동일한 속도로 다가오고 있었다. 점점 거리가 가까워지자 잡을 수 있겠다는 확신이 서는지 속도가 빨라졌다.

푸스스!

쉭!

석영은 바로 일어나 왼쪽 놈을 겨눴다.

그 순간 서로의 시선이 마주쳤다.

─퀴릭?

의문 섞인 탄성인 걸로 소리를 흘려냈을 때, 이미 조준은 끝났다.

투웅!

쉬아아악……!

공기를 찢으며 무시무시한 속도로 날아간 화살이 오크가 미처 피하기도 전에 머리통을 뚫고는 안개처럼 흩어졌다.

그 순간 '우와악!' 하는 괴성과 마저 남은 오크가 거리를 순식간에 좁혀 왔다. 하지만 이미 석영은 시위를 재차 당기고 있었다.

부웅!

하지만 오크는 빠르다. 그리고 무지막지한 괴력을 지녔다. 바람을 가르고 떨어진 길쭉한 나무 몽둥이가 석영의 정수리로 떨어졌다. 그러나 석영은 그걸 그대로 맞을 만큼 굼뜨진 않았다. 그대로 상체를 숙이며 오크의 겨드랑이 쪽으로 파고 들며 굴렀다. 픽! 지면의 흙이 터지며 비산할 정도의 괴력.

맞았다면?

고통도 느끼지 못하고 글로츠 마을에서 눈을 떴을 것이다. 바닥을 구른 석영은 그 상태로 바로 몸을 돌리고는 뒷걸음질로 물러났다. 그러나 아까도 말했듯이 이놈들은 빠르다. 그것도 매우!

벌써 상체를 돌린 놈이 성큼 석영에게 다가왔다.

부웅!

거대한 몽둥이가 허리를 양단할 기세로 휘둘러졌다. 이놈이 빠르지만 석영도 느리진 않았다. 속도 면에서는 거의 동급이다.

뒤로 점프하다시피 물러난 후 놈의 가슴팍을 겨누고 그대로 봤다. 하도 거리가 가깝다 보니 겨누지 않아도 충분했다.

하지만 오크는 그 덩치에 순발력도 좋았다. 상체를 비틀어 화살을 피해 버렸다. 이를 본 석영은 이를 악물며 다시 시위를 급히 당겼다.

후웅!

몽둥이가 다시 머리로 떨어졌다. 그나마 다행인 게 이렇게 공격 패턴이 단조롭다는 점이다. 물론 그렇다 하더라도 충분히 위협적이었다.

빡!

쩌저적!

우지지지직!

석영이 피한 자리에 있던 나무에 떨어진 몽둥이는 나무의 살을 움푹 파는 정도를 넘어, 아예 속살이 보이도록 쪼개 버렸다.

퉁!

퍼걱!

급하게 내쏜 화살이 허벅지를 그대로 뚫었다.

—크워워워……!

그 고통에 오크가 고개를 치켜들고 고통에 찬 괴성을 내질렀다. 그리고 그 괴성을 들으며 석영은 예감했다.

이 전투, 자신이 깔끔하게 이겼음을.

"잘 가라."

두드득!

투웅……!

퍽!

물러나며 내쏜 한 방이 그대로 관자놀이를 뚫어버렸다.

우득!

목을 밟아 뼈까지 부순 후에야 석영은 활을 내렸다.

"후우……."

이어서 전투가 준 긴장감이 빠져나가자 깊은 한숨이 흘러나왔다. 석영은 바닥에 철퍼덕 앉았다.

솔직히 다리가 후들거렸다.

살인을 해서가 아니라 긴장감이 빠져나가서였다. 생각보다 오크 다섯과의 전투는 힘들었다. 사기급 타천 활이 아니었으면 엄두도 안 났을 거다. 잠시 쉬었더니 오히려 온몸이 물 먹은 솜처럼 무거워졌다. 체력적으로 부담이 온 거다. 쉬어야 할 순간이란 뜻이기도 했다.

"일단 움직이자."

지쳤다고 여기서 쉬는 건 미친 짓이다. 지쳤더라도 안전한 곳을 찾아 캠프를 설치해야 한다. 사체를 모두 챙긴 석영은 바로 다리를 건넜다. 흔들거리는 다리는 고소공포증이 있는 이라면 아주 치를 떨 만했다.

다리 밑은 끝이 안 보이는 낭떠러지고, 새까만 어둠만이 으스스하게 보였다. 고소공포증이 없고, 멘탈 보정까지 받는데도 오금이 저려왔다. 꿋꿋이 앞만 보고 다리를 건넌 석영은 다시 깊게 한숨을 내쉬었다.

이어 석영은 안전한 장소를 찾기 시작했다.

머지않아 숲속에 작은 호수가 있는 장소를 발견했다. 주변을 꼼꼼히 살펴보고 모닥불을 지폈다. 불을 피우기 위한 재료는 주변에 충분했다. 그리고 라니아와는 다르게 리얼 라니아의 잡화 상점에는 캠핑 키트를 팔았다. 설명에는 '필드에서 사용 시, 유저와 몬스터 습격 불가'라고 적혀 있었다.

처음 이걸 봤을 때 석영은 참 어이가 없었다. 극한 리얼리티를 추구하면서도 이런 건 또 게임과 다를 게 하나도 없었다.

캠핑 키트를 사용해 안전 구역을 설정한 석영은 불가에 앉아 지친 육신에 온기를 쬐었다.

이제야 좀 살 것 같았다.

그사이 해가 완전히 지고, 어둠이 찾아왔다. 타오르던 불길을 보며 남은 거리를 생각해 보았다.

"후우, 이제 얼마나 왔을까?"

우르힌 마을까지는 말했듯이 일주일 거리다. 하지만 그건 정의 혈맹의 이동속도다. 자신은 혼자. 좀 빨리 왔으니 이 정도면 반 이상은 오지 않았나 싶었다. 이정표는 없었지만 대충 다리를 건너면 3일 거리 정도라고 정의 혈맹 공지에 있었다.

그리고 다리 건너편보다 훨씬 오크 출몰도가 낮아진다고도 했기 때문에 석영은 조금 안심한 채 아이템 창에서 빵을 꺼내서 입에 물었다.

고소한 맛이 느껴졌다.

그 맛 때문인지, 아니면 다른 이유 때문인지 석영의 입에서 웃음이 픽 나왔다.

"진짜 기가 막혀서……."

리얼 라니아는 진화한다.

흔히 말하는 업데이트.

아무도 모르는 사이에 세계가 진화하고 있었다. 포만감을 올려주는 용도였던 고기나 빵, 이런 것들은 맛이라는 것이 없었다. 향도 없었고, 달다, 시다, 짜다, 맵다 등 미각이라는 것을 느끼게 해주는 것 하나 없었다. 그런데 맛이 생겼다. 빵은 빵 맛이 나고, 고기는 고기 맛이 났다. 미각이 구현된 거다. 이건 진짜 놀라운 일이었다.

"이 정도면 리얼이 아니라 그냥 새로운 라니아 세계가 생긴 거지……."

아예 다른 세상이란 소리다.

조물주가 누군지는 모르겠지만, 계속해서 시행착오를 거치며 완벽한 세상을 만들어가고 있는 것 같았다.

진화는 이게 끝이 아니었다.

리얼 라니아상에서 노숙이 가능해졌다.

근데 이건 진화인지, 아니면 그냥 몰랐던 건지에 대한 의견이 분분했다. 일단 모든 유저가 동일하게 사냥을 하고, 해가 지기 시작하거나 지치면 마을로 돌아와 신녀를 통해 로그아웃을 했다.

왜?

배고프고 지쳤으니까 현실로 나갈 수 있는 신녀를 통해 밖으로 나간 거다. 아주 자연스럽게 게임이니까 로그인과 로그아웃을 행한 것이다. 현대인이라면 당연히 휴대폰이 있고, 맛있는 음식이 있는 현실로 나가서 쉬지, 딱딱한 나무 침대가 있는 여관에서 쉬지는 않을 것이다. 어쨌든 우르힌 마을까지는 무조건 노숙을 해야 했다.

만약 중도에 귀환해서 신녀를 통해 로그아웃을 하게 되면 당연히 글로츠 마을로 돌아간다.

라니아는 텔레포트 신녀를 통해 사냥터나 마을로 이동이 가능하지만 이곳의 텔레포트 신녀는 오직 현실과 리얼 라니아의 세계만 이동시켜 줬다. 물론 정의 혈맹에 의하면 다른 마을은 직접 발을 닿고 기억을 통해 이동할 수 있다고 했다. 그러니 지금은 무조건 쉬려면 노숙을 해야 했다.

이러한 것은 솔직히 불만이면서도 환영이었다. 현대를 사는 석영이기에 간편함을 추구하는 마음과 낭만이 가득한 모험이 주는 기대 심리가 적절히 섞여 있는 상태였기 때문이다.

고소한 빵을 다섯 개나 먹어치운 석영은 다시 한번 주변을 살폈다. 안전 구역, 전투 불가의 영역을 작게 설정하는 마법 물품이었다.

가격은 꽤나 비쌌다. 개당 일만 골드. 하지만 안전한 휴식을 위해서는 무게도 굉장히 가볍고 노숙 필수품인지라, 석영은 넉넉하게 삼십 개에 한 묶음 하는 것을 구매해 인벤토리에 넣어뒀다.

타닥타닥 소리를 내며 타오르는 모닥불을 보며 석영은 신기한 감정에 빠져들었다.

모험.

진짜 모험이다.

여태까지는 정말 게임처럼 즐겼다. 하지만 이제부터는 그런 생각은 못 할 것 같았다. 최고가 되고 싶은 마음은 아직도 여전하지만 진짜 하나의 큰 세계를 즐기고 싶었다. 인간은 새로운 것이나 전혀 해보지 않았던 일을 해야 할 순간이 오면 보통 두 가지의 감정 상태가 된다고 했다.

두려움.

기대감.

석영은 당연하게도 둘 다 가지고 있었다.

부스스!

수풀 흔들리는 소리가 석영의 감정 상태를 순식간에 되돌렸다.

'오크?'

놀라서 바로 일어나 활을 꺼내는 석영.

"아, 죄송합니다. 하하하."

하지만 수풀을 뚫고 나온 이들은 유저들이었다. 그것도 한국말을 하는 유저들.

석영은 바로 활을 인벤토리에 넣었다. 어차피 안전 구역은 이미 설치했으니 뭔 짓을 하진 못할 거다. 그건 이미 확실하게 검증된 상태였다. 그러니 무기는 집어넣었다. 걸리면 안 되는 무기니까.

"겨우 다리를 건너고 쉴 곳을 찾아왔습니다. 그런데 선객이 있는 줄 미처 몰랐습니다, 하하."

사람 좋은 웃음.

"괜찮습니다."

대꾸하며 석영은 파티의 면면을 살폈다. 사내 셋과 여인 둘의 파티. 여인들 중 한 명은 활과 지팡이를 들고 있었다. 지팡이를 든 것을 보니 용케도 마법 스킬을 익힌 것 같았다. 남자 셋은 전부 검과 방패, 거대한 도끼, 그리고 대태도를 들고 있었다. 아주 전형적인 조합의 파티였다.

"저쪽을 사용해도 괜찮을까요?"

"네, 그렇게 하십시오."

"감사합니다. 아, 저희는 월하(月下) 소속입니다."

사내가 품에서 줄에 걸린 나무패를 꺼내 보였다. 거기에 선명하게 월하라는 한문이 적혀 있었다.

혈맹 월하(月下).

정의 혈맹과 동맹 관계에 있는 혈맹이며, 방식이 독특하지만 분명하게 정도를 걷는 혈맹이다. 특이점은 군주가 여자라는 점이다. 유성우 충돌 전 활발했던 인터넷 방송을 통해 수입을 올리던 BJ 최수영, 그녀가 바로 월하의 군주였다.

그녀가 방송하는 모습을 보며 캐릭터를 쫓아가 PK를 일삼던 놈들이 있었다. 딱 말 안 해도 알겠지만 라니아상 더러운 양아치나 다름없던 학살 놈들이었다. 수차례 그러한 일들이 반복되자 안 그래도 괄괄한 최수영의 성질이 폭발하고 말았다.

BJ로 벌었던 돈으로 산 집을 팔고, 원룸으로 옮긴 그녀는 남는 돈을 모조리 장비에 투자했다. 그녀의 직업은 법사였고, 법사가 맞출 수 있는 최대치로 장비를 맞춘 다음 공고를 내걸었다.

그때 그녀 나름 멋지게 내놓았다고 자부한다던 슬로건이 바로.

'월하의 달빛 아래 학살하리라'.

이 어마어마하게 유치한 슬로건 아래 의외로 유저들이 모였고, 그렇게 혈맹의 이름은 월하가 되었다. 그리고 정의 혈맹과 동맹을 맺고는 학살과 무한 전쟁을 선포했다.

그 선두에도, 중간에도, 후방에도 군주 최수영의 캐릭터, 윙크수영이 있었다. 그렇게 크다가 어느덧 라니아상에서 거의 다섯 손가락 안에 드는 거대 혈맹으로 발전했다. 라니아에서는 입지전적인 인물이었다.

"월하 소속 김선명입니다, 하하."

이번에도 역시 사람 좋은 미소와 웃음. 나이는 딱 석영과 비슷해 보이는데 행동이나 말투가 완전히 달랐다. 다부지게 벌어진 어깨를 보니 분명 어떤 방식으로라도 운동을 한 게 분명해 보였다.

"정석영입니다. 소속은 없습니다."

"아, 솔플 유저시구나. 반갑습니다."

둘이 인사를 나누는 동안 김선명을 제외한 남은 파티원들은 석영처럼 안전 구역을 설정하고, 노숙 준비를 했다.

"그런데 어떻게 여기까지 혼자 오셨습니까? 다리 위에 놈들은 진짜 만만치 않던데 말입니다. 저희도 진짜 계속 막혀서 이번에도 실패하면 포기하려던 참이었는데, 마침 운 좋게 누가 사냥을 했는지 텅 비어서 건너왔습니다."

"저도 그랬습니다. 아마 제 앞에 어떤 파티가 잡은 것 같습니다."

아니다.

다리 지킴이였던 그놈들은 분명 석영이 잡았지만, 굳이 자신이 잡았다고 말하지는 않았다. 말해봐야 이득이 없었다.

오히려 의심만 살 뿐이었다.

게임상에서도 란저씨와 란줌마를 제외하면 거의 아웃사이더였던 석영이 여기서 자신을 내보일 리가 없었다.

"아하, 그래도 여기까지 혼자 오신 걸 보니 실력이 대단하십니다, 하하핫."

말끝마다 붙는 웃음. 거기에는 일말의 사심이 없었다. 비꼬는 것도 아니고, 정말 대단한 실력자를 만난 것이 기꺼워 나온 웃음이었다. 예민한 석영은 그걸 모를 리가 없었고, 그런 웃음을 들어서인지 마음이 한결 편해졌다.

"아닙니다. 그저 숨어서 조용히 왔을 뿐입니다. 제대로 된 사냥은 해보지도 못했습니다."

이건 거짓말이 아니었다.

우르힌 가도에 출몰하는 오크들도 5인 파티다. 마지막 다리 앞에서의 전투를 빼면 거의 남은 전투는 그냥 한 마리 잡고 쫓기다가 귀환 주문서를 찢는 것의 반복이었다. 솔직히 다리 앞에서도 지형과 운이 좋았을 뿐이다. 대로에서 붙었다면 아마 또다시 주문서를 찢는 결과가 나왔을 것이다.

"저희도 마찬가지입니다. 어휴, 이놈들이 진짜 어찌나 세던지… 누울 뻔한 적이 진짜 한두 번이 아니었습니다. 무슨 놈에 난이도가 이리 개판인지……."

김선명이 푸념을 늘어놓는 사이, 타이밍 좋게 그의 일행이 저녁을 먹으라고 불렀다.

"선명 씨, 저녁 먹어요!"

"네, 갑니다! 죄송합니다. 허기가 져서… 저녁 먹고 더 대화를 나누고 싶습니다."

"네, 다녀오세요."

석영은 조용히 답하며 고개를 끄덕였다. 그가 사라지자 석영은 다시 천천히 모닥불에 앉았다.

도란도란 모닥불을 두고 앉아 즐겁게 웃고 떠들며 빵을 먹는 월하 혈원들. 그 모습이 석영에게 묘한 감정을 불러일으켰다.

누군가와 같이 식사를 한다. 충주로 내려온 후, 딱 한 번 있었다. 바로 얼마 전 김아영이 집까지 쳐들어왔을 때, 딱 그때가 처음이자 마지막이었다.

'부러움인가?'

그런 감정이 들 수 있다. 석영 또한 인간이니까.

그래서 가슴속을 간질거리는 이 감정은 매우 이질적이었다. 신경질이 확 올라오기까지 했다. 석영은 선명과 이따 다시 대화하기로 한 약속을 저버리고 텐트 안으로 들어갔다. 예의를 아는 사람이니 자신이 없으면 아마 굳이 들어와서 찾지 않을 거란 예상을 하고서 말이다. 그리고 정말 그 예상대로 시간이 한참 지났는데도 김선명은 찾아오지 않았다.

텐트는 안전하다. 마법 방어 설정이 가미되어 있어 절대적으로 공격이 불가능했다. 고블린 부족장을 넘어서는 보스가 찾아와도 아침까지는 절대 안전할 것이다.

그 안전함에 감사하며, 석영은 눈을 감았다.

해가 살살 고개를 내밀고 있을 때쯤 눈을 떠 밖으로 나오니, 김선명의 파티는 이미 출발하고 없었다. 그저 이제는 꺼져 버린 모닥불의 존재만이 그들이 있었다는 것을 증명해 주고 있었다. 자신의 텐트 앞의 식어버린 모닥불 근처에 앉은 석영은 역시 빵을 꺼내 아침을 해결했다.

아침이라 그런지 목이 마르고 좀 퍽퍽했다. 우유로 입을 축여가며 빵 세 개를 해치운 석영은 바로 떠날 준비를 하고는 안전 구역을 정리했다.

정리는 쉽다. 사각형 형태로 찔러 넣은 네 개의 나무 송곳을 빼기만 하면 된다.

일회성 아이템이라 모닥불에 휙 던져놓고는 석영은 바로 움직였으나 잘 만들어져 있는 길로 가지는 않았다. 길로 가면 무조건 하루에 한두 번은 오크들을 만나야 한다. 여기까지 왔는데 글로츠 마을로 돌아가고 싶은 생각은 전혀 없었다.

석영의 이동은 언제나 조심스럽다.

감각을 날카롭게 세워놓고, 전진한다. 이제는 이것도 익숙해져서 그런지 속도도 그럭저럭 잘 나왔다.

그렇게 한 시간 가까이 쉬지 않고 이동했을 때였다.

챙!

차앙……!

병장기 부딪치는 소리가 아련히 들려왔다. 이건 누군가 싸우고 있다는 소리였다. 석영은 빳빳하게 긴장감을 더 세우고, 빠르게 이동했다. 오크 파티 하나가 저 앞에 있다면 주변에 다른 오크들은 없을 거다.

오 분 정도 달려가자 역시 누군가 오크 파티와 싸우고 있었다.

"중명아, 맨 왼쪽 놈부터 막아!"

"오케이!"

"한성 씨는 그 옆의 놈!"

"네!"

"지아야, 주술사 견제 부탁할게! 선영 씨는 피 튀는 사람부터 힐 주세요!"

"네, 오빠!"

"알았어요."

마지막 대답이 이 상황과 어울리지 않게 너무 냉담했지만, 그게 중요한 건 아니었다. 오크들은 궁수가 없었다. 전사 넷에 주술사 하나였다. 전사가 많아서 부담스러운 거 아니냐고? 차라리 궁수 하나가 없는 게 낫다.

석영은 조용히 바라봤다.

오크는 강하다. 글로츠 마을의 고블린도 일대일로 잡을 수 있을 정도로 강해진 유저들도 오크와 일대일은 굉장히 버거운 수준이었다. 아이템 강화와 육체 강화, 그리고 전투 경험이 쌓이고 쌓였는데도 오크들은 상식을 뛰어넘은 것처럼 강하다.

하지만 그건 일반적인 유저들 얘기고, 특별한 유저들이라면 얘기가 달라진다. 바로 이들처럼······.

전투를 바라보는 석영의 눈에 감탄이 깃들었다.

'대단하다······.'

석영이 많은 유저를 만난 것도 아니고 전투 얘기를 많이 들어본 것도 아니지만 한지원을 제외하면 이들이 제일 잘 짜여 있었고 강했다. 특히 김선명, 그는 오크 전사 둘을 상대로 버거워 보이기는 해도 꾸역꾸역 버텨내고 있었다. 전형적인 검과 방패를 든 기사인 그는 아주 유연하게 오크의 공격을 방패로 흘려냈다. 그리고 틈틈이 가속 스킬을 이용해 적의 진형을 교란시키고 있었다. 그 외에 남자 둘도 각자 하나씩 잡고 잘 버티고 있었다.

'한 마리라도 먼저 잡는 쪽이 이긴다.'

현재 전투의 추는 아주 팽팽했다.

그 어느 쪽으로도 기울지 않고 정중앙에서 살금살금 흔들리고 있는 상황이었다. 하지만 뭔가 기폭제가 될 만한 일이 터진다면 어느 쪽으로든 즉각 기울어 버릴 거다.

석영은 타천 활을 꺼내고, 거기에 강철 화살을 걸었다. 그리고 전투에 집중했다.

도움을 주고 싶은 건 아니다. 하지만 모른 척 지나가고 싶지는 않았다. 원래 이기적인 자신이지만, 그래도 어제 잠깐 마주쳤고, 자신이 부러움이라는 감정을 잠깐이나마 느끼게 해준 고마움이라고 해도 좋았다. 그래서 여차하면 도와주고, 아니면 그냥 있을 생각이었다.

'궁수가… 딜이 약해.'

궁수의 한 방은 강력해야 했다.

가진 게 화살 공격밖에 없으니 최대한 한 방으로 대미지를 넣어야 하는데, 지아라고 불린 여인의 활은 강철 활이었고, 화살도 자신과 같은 강철 화살이었다. 오크 주술사의 주술을 방해하는 정도쯤은 될 수 있을지 몰라도 치명타까지의 대미지는 되지 못했다. 특히 마음이 조급한지 자꾸 헛방이 나오고 있었다.

"이익!"

그게 분한지 전투 중에 저리 흥분한 모습을 보였다. 그러나 이 파티에는 그가 있었다.

"지아야, 흥분하지 말고 집중!"

"네!"

흥분한 동료를 분통 터뜨리는 소리만으로도 감지하고 케어하는 능력을 가진, 그것도 둘이나 상대하며 말이다.

서걱!

"윽!"

하지만 둘은 역시 버거웠나 보다.

석영은 시위를 천천히 당겼다. 하지만 바로 내려야 했다.

"힐."

퀴리리링.

새하얀빛이 순식간에 조금 전 도끼에 스친 김선명의 팔에 스며들었다. 그러자 급속도로 아무는 상처.

석영은 그걸 보며 눈을 동그랗게 떴다.

'저게 마법.'

처음 봤다.

자신의 더블 샷, 한지원의 가속까진 봤지만 실제 마법사의 마법은 처음이었다. 라니아에서 기본 마법은 요정 캐릭터도 익힐 수 있고, 기사도 50레벨이 넘어가면 배울 수 있다. 그리고 이런 마법들은 3단계까지 NPC를 통해 익힐 수 있지만, 여기서는 아니었다.

마법 스킬은 엄청난 희귀 템이었다.

라니아 게시판에도 마법을 익혔다는 이가 극히 드물었다. GM 라니아가 직접 검증한 진짜 마법사는 전부 셋. 그만큼 마법서가 안 나왔다. 그러니 석영이 마법을 처음 보는 것도 이상한 일은 아니었다.

'효율은 빨갱이 이상처럼 보이는데… 그렇다면 대단한 데……?'

방어구까지 뚫고 찢은 팔뚝이 단숨에 생생해졌다. 그것만 으로도 대단한 효율성을 보였다. 저 한 번에 어느 정도의 정 신력이 소모되는지는 모르겠으나, 정신 강화로 기본 끝까지 올렸다면 못해도 열 번 이상은 쓸 수 있지 않을까 싶었다. 그 것만 해도 전투에서는 무궁무진한 도움이 된다.

이미 기운 승패도 뒤집어 버릴 수 있지 않을까 싶을 정도였 다. 하지만 거기서 끝이 아니었다.

"에너지 볼."

쉬이잉.

선영이라는 여자의 지팡이 끝에 길쭉한 막대기 형태의 구체 가 생겨났다. 라니아에서 에너지 볼, 줄여서 에볼이라 부르던 마법이다.

'에볼까지……?'

투 스킬 마스터.

현재 라니아상 가장 희귀하다는 직업군이다. 한 개 이상의 마법이나 스킬을 배운 유저들을 말함이다.

석영도 그렇게 던전을 뒤지고 다녔지만 아직 더블 샷 말고는 본 것이 없었다. 지금은 모르지만 한지원도 가속만 있었고 말 이다. 그런데 저 선영이라는 여인이 두 개의 마법을 배웠다. 그것도 가장 전투에 도움이 된다고 평가받은 마법들만 익혔다.

'저런 파티가 다리 지키는 놈들을 못 뚫었다고?'

갑자기 그 부분이 의심스러웠다.

궁수 하나가 주는 차이점을 아직 체감하지 못해서 생긴 의문이었다. 자신도 쫄깃한 전투를 하긴 했지만, 위협적인 장면 없이 클리어했으니 말이다.

픽!

선영이 지팡이를 휘두르자 말 그대로 빛살처럼 날아간 에볼이 지아가 타이밍을 놓쳐 주술 영창을 거의 끝낸 주술사의 얼굴에 박혔다.

—크엑!

이상한 소리와 함께 혹 뒤집히는 고개. 여유가 있는지 그걸 똑바로 지켜본 김선명이 바로 외쳤다.

"지아야!"

"넵!"

퉁!

석영의 활과는 다르게 탁한 시위 소리가 들렸다. 그리고 이번에는 침착하게 조준했는지 정확히 목젖에 픽! 소리를 내며 화살이 박혔다. 하지만 석영의 무형 화살처럼 관통은 못 하고, 촉만 박혔는지 치명상까지는 입히지 못했다. 그럼에도 딜은 충분히 들어갔다. 켁켁거리면서 한 손으로 화살대를 쥔 주술사가 물러나기 시작했다. 이후 지아는 바로 전사들의 견제에 들어갔다.

하지만 석영은 그 장면에 눈살을 찌푸렸다.

'마무리를 해야지……'

주술사는 가장 까다로운 존재다.

반드시 먼저 제거해야 하는데 확인 사살을 안 했다. 저 화살 한 발이 계속 대미지가 누적되어 주술사를 죽일 수 있을까?

아마 그건 안 될 것이다.

아니나 다를까, 화살대를 놓고 주술사가 다시 입술을 중얼거리기 시작했다. 대미지 무시 후 주문 영창. 놈들은 독한 놈들이다. 게임처럼 인공지능으로 움직이는 게 아닌 살을 주고 뼈를 깎는 짓도 하는 놈들이란 말이다. 어쩔 수 없이 석영은 달렸다. 그리고 타천 활에 강철 화살을 걸었다.

나무 화살보다 두 단계 좋은 데다 타천 활의 기본 대미지가 좋아 제대로만 꽂으면 한 방이다.

두드드득!

시위가 팽팽하게 당겨지고, 주술사가 타깃을 설정하고 지팡이를 겨누는 동작 전에 석영이 먼저 시위를 놓았다.

투웅……!

강철 활과는 다른 둔중하면서도 깨끗한 소리.

퍼걱……!

미간을 그대로 뚫어버린 강철 화살. 지아의 화살처럼 촉만이 아닌, 대의 반까지 뚫고 들어가 뒤통수로 촉이 빠져나올 정도였다. 주술사는 비명도 지르지 못하고 그대로 고개를 뒤집은 채 쓰러졌다.

그리고 미동도 없이 축 늘어졌다.

즉사다.

그걸 김선명은 바로 알아차렸다.

"지원이다! 집중해서 빨리 끝내자고!"

"오케이!"

"네!"

갖가지 대답이 들려왔다.

이후 석영은 어차피 개입한 거, 틈이 날 때마다 지원을 해 줬다. 노린 부위는 허벅지다. 움직임 자체를 봉하기엔 아주 적절한 곳이다. 유저도 마찬가지지만, 몬스터도 부상을 입으면 그 부위를 제대로 못 쓴다.

서격!

김선명이 먼저 전사의 목젖을 갈랐다. 피부색과 같은 진녹색 피가 훅 뿜어졌다.

땡강.

무기를 놓치고 비척거리며 물러나는 전사의 심장에 김선명의 검이 다시 박혔다. 그리고 그대로 손아귀에 힘을 줘 비틀었다.

―크르륵…….

동공에서 빛이 사라짐을 확인하고 나서야 김선명은 검을 뽑았다. 지아와는 다르게 아주 확실한 확인 사살이었다. 이후 김선명은 쉬지 않고 다른 한 놈을 상대했고, 그때마다 석영의 지원으로 빠르게 심장을 가르며 오크들을 잡아갔다.

―크륵, 크르륵…….

마지막 오크의 심장에 검을 쑤셔 박고 거친 숨을 몰아쉬는 김선명.

"후욱, 후욱, 후우우……."

그 말고도 다른 이들 전부가 힘들었는지 거친 숨을 토해냈다. 법사인 선영만 지팡이를 든 채 조용히 서 있었다. 힐은 외상에 분명히 도움이 있지만 미친 듯이 뛰는 폐를 진정시켜 주지는 않으므로 그녀가 현재 할 수 있는 건 없었다. 그저 자연히 진정되길 기다리는 것밖에는 방도가 없었다.

"후아……."

김선명이 상체를 펴고 숨을 크게 몰아쉬어 폐를 다 진정시켰을 때, 석영은 천천히 수풀에서 나왔다. 어느새 그의 손에는 강철 활이 들렸다. 타천 활을 숨기려고 일부러 바꿔 꺼내 든 것이다.

"역시… 석영 씨였네요. 화살 공격이기에 예상은 하고 있었습니다. 저희 바로 뒤에 있기도 했고요. 정말 감사합니다, 하하핫."

"아닙니다. 그냥 지나칠 수 없이 나서긴 했는데 다들 잘 싸우셔서 괜히 나선 게 아닌가 싶습니다."

석영은 적당히 겸손을 떨었다. 그리고 실제 그렇게 틀린 말도 아니었다. 전사 타입의 사내 셋의 움직임은 확실히 달랐다. 한지원 정도는 아니지만 분명 체계가 확실히 잡혀 있는 움직임이었다.

주술사가 주술을 제대로 시전했어도, 지아나 선영의 지원으로 위기를 피할 수도 있었다. 하지만 김선명은 고개를 마구 저었다.

"아닙니다. 저 주술사 놈의 속박에 제대로 걸려 저나 중명이, 한성 씨 중 하나가 당했다면 아예 전멸했을지도 모릅니다. 그런 위기를 미연에 방지해 주신 것만 해도 정말 엄청난 도움이 되었습니다, 하하하!"

김선명의 생각은 그랬나 보다.

그래서 석영은 그냥 고개를 끄덕였다. 저렇게까지 나오는데 계속 거부하는 것은 그냥 시간 낭비였기 때문이다.

김선명을 이어 중명이라 불린 이십 대 초중반의 사내와 자신과 비슷한 연배의 한성, 그리고 지아, 선영이 차례대로 고맙다는 인사를 해왔다. 가볍게 통성명을 한 이후, 사체를 인벤에 넣고 바로 출발했다.

원래는 혼자 다시 길을 가려 했으나 김선명이 극구 같이 가자고 붙잡는 바람에 어쩔 수 없이 동행을 하게 됐다.

모험하면 떠오르는 단어 하나.

동료.

석영은 리얼 라니아에 접속한 이래 처음으로 괜찮은 유저들을 만났다.

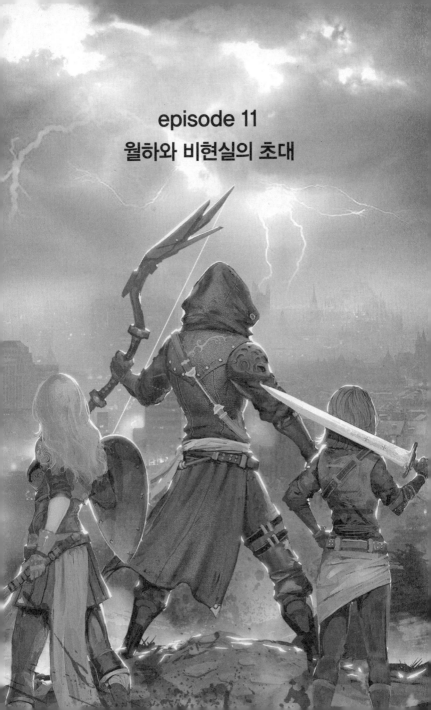

episode 11
월하와 비현실의 초대

이후 이동은 순조로웠을까?

아니, 그러진 않았다.

정의 혈맹에서는 분명 다리를 건너면 오크의 출몰도가 떨어진다고 했다. 그런데 그건 정의 혈맹의 착각이었는지 지랄맞게도 많이 나왔다. 그래서 길이 아닌, 아예 숲을 뚫고 이동했다.

그러다 보니 체력적으로 훨씬 부담스러웠는지 김선명의 파티는 많은 거리를 이동하지 못했다. 여기서 석영은 차라리 혼자 움직일걸, 하는 후회가 들었지만 어쩔 수 없었다. 이미 같이 이동하기로 한 상황에서 중간에 쏙 빠지면 김선명은 분명 기다릴 것 같았기 때문이다. 결국 초저녁이 되었을 때, 혼자 이동한 거리의 반 조금 넘는 정도밖에 도착하지 못했다.

각자 안전 구역을 설정한 후 모닥불을 크게 피워놓고 옹기종기 모여 앉아 각자의 식량으로 허기를 채웠다.

힘들었는지 활발한 김선명도 말을 아꼈다.

석영도 마찬가지였다.

자작자작 타오르는 불길을 조용히 내려다보며 생각에 잠겼다.

'내일부터는 혼자 이동해야겠어.'

너무 늦다.

혼자가 아닌 다섯이다 보니 더 조심해야 했고, 더 살펴야 했다. 위기 감지 능력, 즉 눈썰미가 좋다는 지아가 앞장섰는데 석영보다는 당연히 느렸다. 애초에 석영은 여태 혼자 사냥을 했기에 이미 많이 익숙한 상태였고, 지아는 이렇게 전방에서 길을 뚫는 게 몇 번 안 된다고 했으니 속도 차이는 당연한 일이었다.

"후우."

우유를 꿀꺽꿀꺽 마신 김선명이 내쉰 나직한 한숨이 모두의 시선을 끌었다. 그러자 그 시선을 받으며 부드럽게 웃고는, 석영에게 다시 고개를 숙이는 김선명이다.

"감사합니다. 낮에는 경황이 없어 제대로 감사 인사도 드리지 못했습니다, 하핫."

아니, 이미 충분히 한 것 같은데.

석영은 또 지지부진하게 아니라고 겸손을 떠는 과정이 싫어 그냥 가볍게 마주 고개를 끄덕이는 걸로 답을 대신했다.

"그러고 보니 제 파티원들을 소개를 안 했군요. 이쪽은 김중명, 제 친동생입니다."

"아, 김중명입니다. 아까는 감사했습니다!"

"네, 정석영입니다."

이어서 차례대로 정한성, 안지아, 박선영과 인사를 주고받았다. 인사가 끝나자 안지아가 석영에게 물었다.

"저기, 궁금한 게 있는데요."

"네."

"어떻게 한 방으로 미간을 뚫었어요? 석영 씨 활 보니까 제 활이랑 같은 거고… 저도 육체, 무기 강화는 전부 끝까지 올려놨는데… 여태 한 번도 안 뚫렸거든요."

"아……"

생각도 못 한 질문이었다.

그 이유야 간단하다.

사실 타천 활로 쐈으니까.

전투가 끝나고 들고 나온 활이야 강철 활이지만, 들고 나오기 전 주술사의 미간을 뚫어버린 건 타천 활이었다.

타격치 차이가 당연히 날 수밖에 없었다. 아직은 보스의 방어력도 뚫어버리는 놈이니까.

'아… 맞다.'

적당한 변명이 생각난 석영은 바로 입을 열었다.

"방어력이라는 개념이 존재합니다. 아마 선영 씨 에볼과 지아 씨의 첫 번째 샷에 방어력이 대폭 깎였을 겁니다. 그래서 두 번째 제 공격은 관통이 된 것 같습니다."

실제로 그렇다.

방어력이라는 설정이 있고, 이 눈에 보이지 않는 설정은 몬스터에게 공격을 가하면 가할수록 하락한다. 그러니 나중은 같은 공격도 들어가는 대미지가 확연히 차이 난다.

적중과 적중 후 관통, 이런 식으로 말이다. 칼로 베면 가죽만 베이던 게 나중엔 가죽과 근육, 이렇게 베인다는 뜻이다.

"아… 맞다, 그게 있었지. 고마워요, 헤헤."

헤실헤실 웃는 안지아에게 시선을 뗀 석영은 파티의 또 다른 여인인 법사 박선영을 바라봤다. 극초반 어마어마하게 큰 도움이 되는 투 스킬 마스터.

그것도 무려 효율성 갑이라는 힐과 에너지 볼트를 익힌 여인이다. 힐의 효과는 이미 눈으로 확인했다. 에너지 볼트도 마찬가지였다. 순식간에 주술사의 영창을 멈추게 하고, 무방비

상태로 만드는 한 방.

"아, 혹시 마법은 처음 보셨습니까?"

석영의 시선을 확인한 선명이 웃으며 물어왔다.

"네, 그것도 투 스킬이라니… 깜짝 놀랐습니다."

"……."

석영의 대답에 박선영은 그저 가볍게 고개를 숙여 인사를 하곤 말았다. 태생적으로 말이 별로 없는 성격 같았다. 그렇다고 부끄러워한다거나 그러진 않았다.

"참, 석영 씨. 지금 레벨이 어떻게 되십니까?"

"레벨요?"

"네, 분명 처음에는 레벨 시스템이 있었는데… 이제는 안 보이더라고요."

"안 보인다고요?"

김선명의 말에 잠깐 멈칫한 석영은 바로 확인을 해봤다. 그래… 안 보였다. 원래는 라니아의 인터페이스 창처럼 반투명 홀로그램으로 떠서 확인이 가능했다. 조잘거리는 섬까지는 말이다. 그 이후 글로츠 마을로 넘어오며 극악의 레벨 업 난이도를 보여서 어느 순간부터 레벨이란 개념을 아예 잊고 살았다. 그러니 당연히 인터페이스 창도 열지 않았다. 어차피 쥐꼬리만큼 올라가는 걸 보고 한숨을 내쉬느니 안 여는 방향으로 무의식이 작용한 거였다.

"석영 씨도 안 보이죠?"

"어… 진짜 그러네요. 안 보입니다."

석영은 인상을 찌푸렸다.

이래서는 곤란하다. 석영이 들고 있는 타천 활에는 레벨 제한을 둔 옵션이 몇 개나 걸려 있었다.

추가 타격.

민첩 스텟.

타락 천사의 심판.

첫 번째와 두 번째 옵션도 중요하지만 세 번째 타락 천사의 심판은 타천 활이 왜 최강인지를 증명하는 옵션 그 자체였다. 다섯 발 히트당 한 번씩 터지는 타락 천사의 심판은 법사 궁극기만큼의 강력한 한 방을 보여준다.

웬만한 기사도 다가오다 '꿱!' 하게 만드는 게 바로 타락 천사의 심판이다. 게다가 그 마법은 마방 따위는 아예 무시한다는 설정까지 붙어 있었다. 두 무기의 레벨 제한 옵션은 50. 그러니 이건 석영으로서는 매우 곤란했다.

"리얼 라니아가 스스로 진화한다는 건 이미 확인된 사실 아닙니까? 그러니 필요 없어 보이는 레벨 업 시스템을 버린 것 같습니다."

"그건……."

"실제로 조잘 섬에서도 레벨 업을 해도 더 튼튼해지거나 그러지는 않았지 않습니까. 게임이었다면 피통이 늘었을 텐데, 그것도 아닌 것 같고요."

"음……."

확실히 그랬다.

라니아는 50레벨 전까지는 분명 피통이 늘고 50을 찍는 순간부터 피통도 늘지만, 스텟 포인도 1씩 줬다. 석영 같은 경우는 당연히 민첩 몰빵이었다.

이 개념 자체가 사라졌다는 건…….

'아, 이건 아닌데…….'

석영에게 매우 불편하고 혼란스러운 마음을 선사했다.

"아마 그 대체로 육체 강화가 생긴 건 아닐까요? 원래 라니아는 아이템에만 강화가 가능했잖아요."

안지아의 말에 석영은 그럴 수도 있겠다고 생각했다. 왜 육체 강화가 생겼는지 솔직히 의문이었다.

난이도가 높아서? 그럴 수도 있었다. 리얼 라니아의 몬스터는 굉장히 강력하니까. 거기에 더해 현실이라 할 수 있을 정도로 소름 끼치는 현실감을 보였다. 특히 사냥이 그렇다.

팔이 잘리면?

진짜 잘린 것처럼 아프다.

칼이 심장에 박히면?

죽는다.

게임 오버의 형태로 나타나지만 진짜 죽는 것처럼 아프고, 실제로 그렇게 느낀다. 멘탈 보정 시스템이 없었다면 아마 한 번 죽었던 유저들 대다수가 재접속을 안 했을 거다. 그러니 단순히 피통이 늘어봐야 몬스터와의 싸움에 큰 도움이 될 리가 없었다.

'그래서 피통, 스텟 개념은 버리고 육체 강화 시스템을 넣었다고……?'

그게 진짜라면 이 세상은 리얼이란 단어를 뜯어내야 할 거다. 그런 석영의 생각과 김선명의 생각은 같았다.

"단순히 피통이 늘어서는 사냥이 불가능해. 오크만 봐도 웬만한 스포츠 선수들의 두 배 운동량을 보이지. 그런 괴물들을 상대하는데 피통이 늘어서 뭐 하겠어? 지아 말처럼 차라리 육체 강화를 하는 게 훨씬 사냥에 도움이 돼. 석영 씨."

"네?"

"석영 씨는 리얼 라니아를 뭐라고 생각하세요?"

"음……."

이 부분은 아주 많은 유저가 고민하는 부분이다. 일단 거부감 없이 접속해서 사냥을 한다. 마치 게임처럼. 하지만 거의 대다수가 안다. 이게 게임은 아니라는 걸.

이딴 게 게임일 리가 없지 않나. 이런 극한 현실감을 선사하는 놈이.

가상에서 캐릭터가 만들어진 게 아닌, 접속은 말 그대로 리얼 라니아라는 세계로 현실의 육체 자체가 넘어간다. 실제로 빛 무리에 휩싸여 현실의 육신이 사라진다. 이건 촬영을 통해서도 드러난 부분이다.

　그러니 이건 게임이되, 게임이 아니다.

　석영의 대답이 궁금한지 다섯 쌍의 시선이 석영의 입에 머물러 있었다. 석영은 천천히 답을 내놓았다.

　"전 또 하나의 세계라고 생각합니다. 게임의 기반을 가진 또 하나의 세계."

　"저도 마찬가집니다. 저희 월하 혈맹 전체의 의견도 같고요. 그럼 석영 씨, 왜 이런 게 만들어졌다고 생각하십니까?"

　"유성우 충돌… 이 아마 가장 근접한 답이 아닐까 합니다. 아무래도 지구 멸망의 순간이라 했던 그날 이후, 이 세계가 생겼으니까요."

　"그렇죠. 이건 과학자들도 답을 못 내놓지만, 저희도 그럴 거라고 생각은 합니다. 석영 씨, 자꾸 질문해서 죄송하지만 마지막으로 하나 더 묻고 싶은 게 있습니다."

　"하세요."

　"왜 강화된 신체가, 무기가, 현실에서도 사용이 가능할까요?"

　"……."

아, 이건 아영이랑도 얘기할 때 나왔던 부분이다. 이상하지 않나. 새로운 세계가 생겼으면 거기서만 사용해도 될 것을. 그런데 그게 아니었다. 현실에 갑자기 측정 불가능한 수치의 히어로가 생겨 버린 거다.

캡틴 아메리카 따위, 다섯만 팀을 맞추면 그냥 찢어버릴 수 있을 정도로 말이다. 앞으로 계속 시간이 흐르면 흐를수록 더욱 강력해질 거다.

문제는 왜 현실에서까지 이게 가능하냐는 부분이다. 답을 찾으면 진짜 몇 개 안 나오는데 그중 가장 유력한 답 후보를 석영은 결국 꺼내놓았다.

"혹시 리얼 라니아의 괴물이 현실에서도 나올 거라는 말씀입니까?"

"저는… 저희 월하 전체는 일단 그렇게 보고 있습니다."

"……"

"생각해 보세요. 이건 마치 훈련 같습니다. 앞으로 도래할 괴물들의 세상에 대비해서 유저들을 전사로 훈련시키는 과정……"

아아, 석영도 한 생각이었다.

하지만 아웃사이더인 석영이 교류를 나누는 이들이야 란저씨와 란줌마가 전부고, 그때 아영이와의 일 이후 란저씨와 란줌마도 교류를 안 하다 보니 혼자만 가지고 있던 생각이다.

물론 라니아 게시판에는 석영과 같은 의견을 가진 이들이 수두룩했고, 그러한 의견들은 이미 전체적으로 확신으로 굳어 가는 분위기이기도 했다.

실제로 정부와 모든 학회에서도 말이다.

그렇다면 김선명이 이런 걸 왜 물어볼까?

어차피 다들 아는 얘기를 이렇게 무게를 잡고?

감은 잡힌다.

"저한테 따로 하고 싶은 말이 있으십니까?"

"앞으로 언제가 될지는 모르겠지만, 저는 반드시 괴물의 현실 침공이 있을 거라고 생각합니다. 월하는 그때를 대비하고 있습니다."

"아아… 월하 혈맹 스카웃입니까?"

"네. 석영 씨가 오늘 낮에 보여줬던 지원, 그 순간을 노리는 저격 솜씨. 분명 석영 씨의 실력은 정말 대단했습니다. 게다가 혼자 여기까지 뚫고 오신 것도 그렇고요. 그래서 저는 석영 씨를 저희 혈맹에 초대하고 싶습니다."

"……"

역시, 스카웃이다.

모두의 시선이 착 달라붙어 떨어지지 않았다. 그리고 이번에도 딱 답을 요구하는 시선이었다. 석영은 답을 바로 내놓지는 않았지만 고민하는 건 아니었다. 아니, 고민은 맞는데 거절

할 대답을 고민 중이었다.

그때 김선명이 다시 입을 열었다.

"다시 정식으로 소개하겠습니다. 월하 혈맹 부군주, 김선명입니다."

"아아……."

부군주.

거대 혈맹을 이끄는 수뇌부다. 그것도 라니아 경찰을 자처하던 정의와 동맹을 맺고, 라니아 조폭을 자처했던 학살과 무한 전쟁을 치렀던 거대 혈맹. 거기에 부군주면 군주 최수영 바로 아래의 권한을 가진 자리에 있는 사람이다.

그리고 석영도 들어본 적이 있었다.

물론 김선명이 아닌 그의 라니아 캐릭터, '월하의 검'을 알고 있었다. 그가 인터넷 방송을 하지 않았지만 그의 뛰어난 전투 센스는 이미 같은 월하 혈원에 의해 온라인상에 꽤나 많이 풀려 있었다.

석영은 따로 자신을 소개하지 않았다.

소개하려면 캐릭터 네임을 대야 한다.

석영의 별명 말고 캐릭터명은 그의 이름인 '정석영'이지만, 이 자체로 의심을 살 수 있다. 왜? 정석영 캐릭터가 바로 전장의 저격수로 불렸으니까. 그래서 라니아에서도 정석영은 전장의 저격수란 공식이 있을 정도였다.

그래서 소개를 하지 않았다.

해봤자 좋을 게 하나도 없으니.

아직도 라니아 게시판에 하루에도 수십 개씩 '전장의 저격수, 그는 누구인가. 그것이 알고 싶다' 이런 식의 글이 올라온다. 난공불락인 고블린 부족장 슬레이어였기 때문이다.

유저 넘버 1004, 한지원과 함께.

문제는 벌써 자신의 본명을 밝힌 점인데, 이건 어쩔 수 없었다. 이들이 그냥 조용히 지나가 주길 바랄 수밖에.

솔직히 이런 상황이 올 거라고는 예상도 못 했기 때문에 나온 실수였다.

"죄송합니다. 저는 혼자가 편합니다."

"그렇습니까? 하지만 석영 씨."

"……."

"앞으로는 혼자가 괜찮지 않은 세상이 올 겁니다. 그 세상은 당연히 너무 위험한 세상입니다. 혼자보다는 절대로 다수가 필요한 시점에 석영 씨의 능력은 너무 아깝습니다."

"……."

이번에도 석영은 입을 다물었다.

석영은 기본적으로 자신을 생각하는 자존감이 굉장히 셌다. 뭐든지 자신부터 우선이고, 그다음이 타인이다. 아영과의 말싸움도 그래서 일어났다. 굳이 자신이 주가 되어 죽음을 확인할 마음이 없었기 때문에. 그런 석영에게 혈맹 생활을 하라고? 반드시 공조를 가져야 하는 혈맹 생활을?

미쳤냐.

그러고 싶은 생각은 개미 눈곱만큼도 없었다. 하지만 그 생각이 입 밖으로 나가기 직전, 김선명의 말이 먼저 나왔다.

"거창한 정의감에 호소하는 건 아닙니다. 저는 단지 몬스터 침공을 대비하고자 합니다. 그때 가서 생존을 전제로 석영 씨를 초대하는 겁니다. 인간은 예로부터 뭉쳐 살았고, 그렇게 서로를 지키며, 성장하며 지금까지의 역사를 써내려 왔습니다."

"거절하겠습니다."

이번에는 즉답을 내놓았다.

거절해야 했다.

애초에 석영은 잘 안다.

아웃사이더인 자신은 차라리 혼자 살아야 된다고. 혼자 움직이는 게 편하고, 불편한 것도 없고, 지금까지 잘해왔다. 게다가 요즘은 목적도 생겼다.

바로……

한지원.

그 여자다.

기본 장비와 기본 강화로 자신을 가볍게 쪄 먹고도 남을 실력을 보여줬던 여자. 아마 전 세계를 따져서 그녀를 뛰어넘을 수 있는 유저는 채 다섯 명도 안 될 거다. 뛰어넘고 싶은 벽이 생겼는데, 그걸 이루기 위해서 월하 혈맹은 오히려 방해다.

게다가… 봐라.

지금 이 순간에도 방해가 된다.

더 갔어야 하는 걸, 더 못 갔으니까.

"다시 한번 생각해 주시면 안 되겠습니까?"

"거절하겠습니다."

"석영 씨."

"저는 두 번이나 답을 했고, 더 이상 그 얘기는 하고 싶지 않습니다."

"후우, 알겠습니다. 이런… 제가 너무 무례했습니다, 도움을 준 은인이신데. 정말 죄송합니다."

꾸벅. 자리에서 일어난 김선명의 사과에 석영은 그냥 고개를 끄덕였다. 이후 석영도 자리에서 일어나 준비하고 있던 말을 했다.

"죄송합니다. 따로 챙겨주신 건 감사하나, 내일부터는 혼자 움직이겠습니다. 그럼 이만."

"저, 석영 씨!"

김선명이 다급히 불렀지만 석영은 대답하지 않았다. 바로 등을 돌려 자신의 안전 구역으로 들어가려는 찰나, 조용한 목소리가 들려왔다.

"전장의 저격수."

"……."

본능적이었을 거다.

석영의 걸음이 멈춰 버린 건.

"맞나 보네요, 찔러봤는데."

"……."

석영이 가만히 뒤돌아섰다.

그래, 게임 아이디 정석영. 그건 아까도 얘기했듯이 이미 라니아 유저라면 모르는 사람이 없을 정도다.

그런데 그게 석영의 실명이라 인사를 할 때 그대로 말했다. 솔직히 의식도 못 하고 나온 실수였다.

"어떻게 알았습니까?"

뒤돌아선 석영이 물었다.

그러자 박선영도 마주 일어나서 다소곳하게 손을 앞으로 모으고 답을 했다.

"활, 정석영, 솔로 플레이어, 전장의 저격수. 네 개나 있으면 유추해 보고, 충분히 찔러보는 게 가능하지 않았을까요?"

"……."

그래, 그렇게 네 개나 있었다.

확신이 아닌, 맞으면 좋고 틀려도 상관없다는 마음으로 그냥 툭 찔러 넣어본 건데 석영이 너무 정직하게 반응한 것이다.

게다가 전혀 예상도 못 한 타이밍이어서 더 당황해 버렸다.

조용히 주변을 보니, 다른 네 사람은 몰랐는지 눈을 동그랗게 뜨고 석영과 선영을 바라봤다.

"혹시 제 정체로 협박할 생각입니까?"

석영은 조용히 물었다.

본래 먼저 시비 거는 성격은 아니었다. 게임만 할 수 있으면 다른 이들이 뭘 하든 그건 자신의 알 바가 아니었다. 하지만 자신에게 피해가 오면? 어떤 방식으로든 끝장을 보는 게 석영이다.

절대로 그 위협에 굴복하지 않았다.

맹견 혈이 그 대표적인 예고, 석영에게 아주 탈탈 털렸다. 정의 혈맹과 동류의 월하라도 시비를 거는 순간부터는 그냥 적이 될 거다.

"아니요, 설마요. 저희는 월하 혈원이에요."

"글쎄요… 이런 마당에 월하 혈맹이 제게 신뢰를 줄 것 같지는 않습니다만."

"진짜예요. 여기 이 사람들은 전부 월하의 중추 수뇌부들이에요. 절대 석영 씨의 정체는 밝히지 않을게요. 저희 월하의 이름을 걸고요."

"……"

천년만년 들키지 않을 거라고는 생각지 않았다. 당연히 언제고, 어떤 계기만 있으면 밝혀질 게 자신의 정체라 생각했지만, 이렇게 어이없고 사소한 실수로 밝혀질 거라고는 정말 생각도 못 했다.

'누굴 탓해. 멍청한 나를 탓해야지.'

사회 경험이 없는 건 아니지만 일반적으로 본다면 거의 전무(全無)에 가깝다. 끽해야 1년도 채 안 되니까. 그러니 사람 상대 하는 게 불편한 건 사실이고, 진실과 거짓을 교묘하게 섞어 포장하거나 상대의 혀를 방비하는 스킬도, 내성도 거의 없었다.

"원하는 게 있습니까?"

"대화요."

박선영의 대답에 석영은 한숨을 내쉬었다.

가장 좋은 방법은 역시 무시다. 그냥 무시하면 된다. 월하의 이름으로 약속은 했지만, 그게 지켜지리란 보장은 그 어디에도 없었다. 잠시 고민하는 사이, 박선영이 다시 말했다.

"고블린 부족장을 어떻게 잡았는지 전부터 너무 궁금했거든요. 그 얘기만 좀 하고 싶어요."

"음……."

아직도 뜨거운 화두 중 하나가 바로 전장의 저격수와 유저 넘버 1004, 한지원이다. 두 사람의 이름이 새겨진 고블린 부족장의 던전은 아직도 난공불락이었고, 도대체 공략이 뭐냐며

수만이 넘는 사람들이 열띤 토론을 벌이는 상태였다. 그리고 그렇게 나온 공략법은 모조리 무용지물.

진화한 고블린 부족장의 대지 강타 이후 충격을 해소하는 방법이 아직도 안 나왔다.

공격 속도와 이동속도 또한 민첩을 최대한 올린 유저를 따라잡을 정도이며, 제대로 걸리면 한 방에 유저를 쪼개는 공격력과 웬만한 공격은 아예 무시하는 방어력 등은 석영이 클리어하고 한참이나 지났는데도 두 번째로 킬을 기록한 유저가, 아니, 팀이 하나도 나오지 못하게끔 하고 있었다.

그러니 선영이 궁금해하는 것도 이상한 일은 아니었다.

"후."

짧게 한숨을 내쉰 뒤 자리에 앉았다.

물론 앉았다고 그 얘기를 해줄 건 아니었다. 석영이 앉은 이유는 따로 있으나, 선영은 그 이전에 먼저 다시 입을 열었다.

"어떻게 잡았어요? 아, 밑천을 다 드러내 달라는 얘기는 아니에요. 공략법의 힌트만 주세요."

"……."

가만히 선영을 바라보는 석영.

여인임에도 눈에는 열망(熱望)이 보였다.

그것도 간절함이 깃든 열망이었다.

극단적으로 게임에 빠져든 이의 눈빛은 예전의, 아니, 지금의 석영의 눈빛과 비슷했다. 새로운 세상에서 어떻게든 앞서 달려 나가고 싶은 유저의 눈빛이란 소리다. 그리고 그건 선영 혼자만이 아니었다.

두 사람의 대화를 들었고, 다들 성인이니 석영이 전장의 저격수라는 건 이미 파악했다. 그 상태에 선영은 고블린 부족장의 공략 힌트를 물었다. 그러니 대답이 나오길 기대하는 거다. 사리 분별이 뛰어난 김선명마저.

이런 열망에 가득 찬 눈빛을 받아들여 석영 나름 내린 답을 줄지, 아니면 그냥 거절해 버릴지 고민이 되었다.

"좋습니다. 말해 드리죠. 하지만 조건이 있습니다."

"조건요? 아, 정체에 대한 함구를 말씀하시는 거면……."

"네, 그걸로 좋습니다. 어쨌든 제 실수로 탄로 난 정체, 정당한 거래로 가죠."

"좋아요. 월하의 이름으로 맹세할게요."

"……."

박선영의 대답에 석영은 김선명을 바라봤다.

월하의 부군주, 그의 구두 약속이 필요했던 거다.

"동의합니다. 제 이름을 걸고, 제 군주의 이름을 걸고, 월하의 이름을 걸고 반드시 지키겠습니다."

"만약 제 정체가 드러난다면 저는 월하를 적으로 간주하겠습니다. 이 점도?"

"네, 동의합니다. 그리고 저도 하나 더, 월하의 정보는 공유합니다. 다른 이들에게는 말하지 않겠지만 군주에게는 누구에게 얻었다, 이렇게 보고를 해야 하니 말을 해야 할 것 같습니다."

"음… 좋습니다. 그 정도는 저도 양보하죠, 후우……."

석영은 구두 약속이지만 이 정도로 만족하기로 했다. 현실처럼 각서 같은 걸 쓸 수도 없으니, 할 수 있는 방안은 전부 해뒀다.

"스킬입니다."

"스킬요?"

선영이 눈빛을 빛내며 되물었다.

"네, 저는 스킬로 잡았다라고밖에 설명할 수가 없습니다. 저는 더블 샷, 제 동료였던 이는 가속."

"아… 그래요? 근데 그건……."

"네, 이미 여러분들도 익혔겠죠. 하지만 여기서 하나 더, 제가 잡았던 놈은 지금 그놈과 좀 다릅니다."

"네? 그게 무슨 말씀이신지……."

"놈은 저와 제 동료에게 퍼스트 킬을 당하고 진화했습니다."

"아……."

선영은 멍하니 중얼거렸다.

석영의 말은 진짜다. 한 점의 거짓도 없는 진실이었다. 놈은 진짜 진화를 이뤘다. 특히 대지 강타의 충격파가 전 필드로 이어진다. 그러면서 이루어지는 이삼 초의 스턴. 이게 문제다. 이때 가장 가깝게 있던 유저는 무조건 죽으니까.

"저 말고 근접 유저가 가속으로 놈을 상대했을 때는 충격파가 전방 범위로만 퍼졌습니다. 마치 바바리안의 대지 강타처럼 말입니다. 하지만 제게 잡힌 이후 필드 전체에 영향을 주더군요. 문제는 그겁니다."

"아… 아아……."

선영은 석영의 말을 듣고 고개를 주억거렸다.

"두 번째."

이것만 말해줘서는 아마 부족할 거다. 이왕 거래를 할 거, 제대로 알려주는 게 좋다. 물론 말해줘도 실제로 잡을 수 있는 건 아닐 거다. 두 번째 조건이 더럽게 까다로울 테니까. 세 번째는 말할 것도 없다.

"근접 전투의 대가가 필요할 겁니다."

"네?"

"극한의 반사 신경을 가진 탱커여야겠네요. 그 짧은 틈에 피해야 할 테니까."

"……."

찾기 힘들 거다.

석영이 말한 대가는 못 해도 한지원급이고, 그런 여자가 길가의 돌처럼 굴러다닐 리는 없을 테니까.

"마지막."

"더 있나요?"

"법사의 일회성 마법인 카운터 매직."

"아……."

멍하니 고개를 끄덕이는 선영을 두고, 석영은 자리에서 일어났다.

"약속 지키십시오."

그 말을 끝으로 석영은 자신의 안전 구역으로 들어가 다시는 나오지 않았다.

다음 날 새벽, 해도 뜨지 않은 시간에 이번엔 석영이 먼저 나와 움직였다. 대충 허기를 채우고 바로 안전 구역을 해체하기 시작했다. 부스럭거리는 소리에 박선영이 깨어나 나왔지만 석영은 알은척도 하지 않고 바로 떠났다.

길을 나서며 든 생각은, 역시 자신은 아웃사이더가 어울린다는 것이었다. 딱 하루다. 아니, 시간으로 따지면 24시간도 안 되는 동안 벌써 서로 불편해졌다. 어제의 대화는 정말이지, 그걸 절실히 깨닫게 해줬다.

그럼 지금은?

'후우… 편하네, 아주.'

편했다.

몸도, 마음도 전부.

잡생각을 고쳐먹고 이동하던 석영은 나무에 정의 혈맹이 걸어둔 이정표를 발견했다.

도보 500분.

우르힌 마을까지의 거리였다.

일반적으로 걷는다면 꼬박 일곱 시간에서 여덟 시간 정도 걸린다는 뜻이었다.

'오늘 안에는 도착하겠어.'

나쁘지 않았다.

석영의 이동은 더 빠르니 아마 여섯 시간 정도 가면 되지 않을까 싶었다. 한 시간을 넘어 두세 시간을 걷다 보니 첫 번째 오크 파티와 조우했다. 널따란 공터에서 뭘 잡아먹는지, 피가 뚝뚝 떨어지는 것을 뜯어 삼키고 있었다.

하필이면 바람이 역풍으로 불어 피비린내가 혹 넘어왔고, 단번에 구역질이 올라왔다. 신물이 올라오는 걸 겨우 눌러 삼킨 석영은 빙 돌아가려다 멈칫했다. 그리고 자신의 눈을 비비고는 뚫어지게 공터를 노려봤다.

자신이 잘못 본 게 아닌가 싶은 마음으로, 아니, 잘못 봤길 바라는 마음으로 노려봤다. 하지만 아니었다.

제대로 본 게… 맞나 보다.

'미친……!'

사람이다.

사람의 팔이 확실했다.

가장 안쪽으로 정면에 보이는 오크가 분명 인간의 팔을 뜯어 먹고 있었다. 아무리 봐도 사람의 팔이었다.

'식인이라고……?'

정말 예상치 못한 걸 보거나 들으면 정신이 대략 멍해진다고 하는데, 딱 지금이 그 순간이었다. 멍해졌던 정신이 사르르 풀리고, 그 자리를 대신 차지한 건 들불처럼 타오르는 분노였다. 눈앞에서 인간의 팔이 먹히고 있었다. 느닷없이 찾아온 비현실의 초대가 거대한 살의를 일으켰다.

'죽여 버린다……'

으득!

석영답지 않게 이까지 갈았다.

석영은 리얼 라니아를 하면서 몬스터에 이렇게 살의를 느껴 본 적이 거의 없었다. 그냥 게임인 것처럼 플레이했기 때문이다.

근데 지금은 아니다.

눈앞에서, 정말 백 보도 안 떨어진 곳에서 사람의 팔이 뜯겨 삼켜지고 있었다. 이건 제아무리 석영이라도 참을 수가 없었다.

몰아치는 거대한 살의를 겨우겨우 눌러대며 타천 활을 꺼내 들고 사방을 살폈다. 정석적인 오크 파티였다. 다리 위에서 잡았던 파티처럼 전사 셋, 궁수 하나, 주술사 하나의 파티. 하지만 그만큼 까다롭기도 한 조합.

바로 가속 물약을 먹고, 전처럼 나무 위로 올라간 석영은 조용히 첫 번째 타깃을 잡았다.

후우, 후우⋯⋯.

첫 번째로 뒤질 놈은 주술사다.

이제 막 아가리에 손가락을 집어넣던 놈의 대가리는 투웅, 하는 소리가 들린 직후 수 초도 지나지 않아 터져 나갔다.

퍼걱!

시꺼먼 화살이 주술사의 대가리를 터뜨리는 순간과 오크들도 반응을 못 한 채 멍하니 있던 그 순간에 주술사의 뒤쪽 바위 너머에서 시꺼먼 신형 두 개가 훅 튀어나왔다. 찰진 욕설과 함께 말이다.

"이 개새끼야, 죽어!"

근데 익숙한 목소리였다.

여기서 들을 거라고는 생각도 못 한.

그 옆에서 희미하게 들려온 목소리.

"아영아, 개가 아니라 돼지야."

그 말과 함께 이번에도 무시무시한 속도로 움직이는, 새까맣고 날렵한 여인이 그대로 손에 든 인간의 시체를 내던지고, 도끼를 쥐어가는 오크의 목울대를 쫙 갈라 버리며 스쳐 지나갔다.

서걱!

섬뜩한 소리가 울려 나온 직후, 녹색 피가 훅 솟구쳤다.

"근데 먹지도 못하는 돼지네. 쓰레기보다 가치가 없어."

서늘하게 나온 한지원의 말은 그 이전에 들은 것처럼 나른함이 섞여 있었지만, 살기가 더빙되어 한기가 줄줄 흘렀다.

깡……!

아영의 공격은 오크에게 막혔다.

"이익! 개새끼가! 왜 막아! 그냥 뒤지지!"

악을 바락바락 쓰자.

"돼지라니까."

한지원이 웃기지도 않게 정정을 해줬다. 그때 이미 상당히 뒤로 물러난 궁수가 시위를 당겼다. 하지만 멍청하게도 뒤에 석영이 있다는 걸 깜빡한 것 같았다. 그 대가는 굉장히 크게 지불해야 했다.

투웅……!

둔중하게 시위 팅기는 소리가 울린 뒤, 다시 몇 초도 지나지 않아 궁수의 이마로 새까만 촉이 삐죽 튀어나왔다. 궁수가 벼락 맞은 것처럼 멈추자, 사르르 연기로 화해 사라지는 화살.

"아따, 이 화살 오랜만이다! 운명처럼 여기에 계시구만? 이 싸가지 밥 처말아 드신 오빠야!"

그걸 또 용케 봤는지 바로 석영의 존재를 알아채고 바락바락 소리치는 아영이다. 하지만 지금은 거기에 대꾸할 마음이 없었다. 이미 석영은 대꾸보다는 시위를 당기고 있었다. 한 놈이라도 더 자신의 손으로 죽여 버리고 싶었다.

들불처럼 타오른 분노와 살심은 두 마리로는 도저히 만족이 안 되었는지, 오히려 더욱 활활 타오르고 있었다.

깡!

까강!

"죽어! 죽으라고, 이 개새끼야! 내가 니들은 이 숲에서 다 처죽이고 만다! 뒤져! 창자를 꺼내서 나무에 돌돌 말아놓을 거야, 썅!"

입으로 싸움을 하는 사람들이 있다는데, 진짜 있었다. 바로 눈앞에 김아영이란 여자였다. 나이 서른넷이나 먹은, 그것도 전직 연예인이 아주 욕을 무슨 입에 걸레를 문 것처럼 하고 있었다.

"돼지라니까 그러네, 진짜."

그리고 그걸 정정해 주는 한지원까지.

전투는 기묘했다.

서걱! 서걱!

한지원은 고블린 부족장을 해체할 때처럼 다른 전사 하나를 아예 가지고 놀고 있었다. 전사의 공격을 간발의 차로 피하며 손목, 발목, 옆구리, 목, 겨드랑이, 어깨까지 차근차근 저미고 있었다.

그때마다 녹색 피가 훅훅 뿜어져 나왔다.

제대로 강화가 된 무기인지, 아니면 인체의 급소를 정확히 노려서인지는 모르지만 타격은 아주 확실하게 들어가고 있었다.

―크워워워……!

그게 분노를 일으켰나.

오크 전사가 갑자기 흉성을 터뜨렸다.

그 기세가 어찌나 살벌했는지 숲에 있던 새들이 일제히 날아가며 푸드득거리는 날갯짓 소리가 천둥처럼 울렸을 정도였다.

하지만…….

"시끄러."

한지원에게는 그냥 고막 테러였나 보다.

푹!

갈비 아래쪽에서 위로 쭉 올리며 검을 쑤셔 박아 두 손으로 받치고는 그대로 추켜올렸다.

우둑! 뚝!

두 번의 소리가 연달아 끊어지듯 들려왔다.

―크워!

그 순간 오크가 빈손으로 한지원의 얼굴을 가격했지만 그런 공격에 맞을 한지원이 아니었다. 고개를 숙여 피하고, 그와 동시에 허리에서 두 자루의 단도를 꺼내서는 그대로 제자리에서 점프하며 전사의 목 양쪽에다가 꽂았다. 방어력이 완전 하락했는지 단도는 자루만 남기고 깊숙이 박혀 들어갔다.

그리고 통통통 물러나는 한지원.

까앙……!

푹!

하나 남은 전사의 공격을 막은 아영이 날렵하게 검을 휘둘러 종아리 안쪽 오금을 그었다. 제대로 그었는지 녹색 피가 튀고 한지원이 고통의 함성을 내지르는 전사의 뒷목에 다시 단도를 꽂았다.

그 순간.

투웅……!

시위 튕기는 소리가 들리고 한지원과 아영의 사이를 뚫고 들어온 무형 화살이 전사의 대가리에 꽂혔다.

"왁! 깜짝아! 아, 쫌! 깜빡이 좀 켜고 들어와라, 이 인간아!"

흥분하면 막말하는 버릇은 역시 여전했다. 마지막 남은 오크가 풀썩 쓰러지자, 석영은 조용히 수풀을 헤치며 나갔다.

"여~ 오빠, 오랜만!"

손을 척 들며 인사를 하고는, 아영은 바로 검과 방패를 사용해 이미 죽은 오크의 사체를 아예 떡으로 만들어 버렸다. 마치 도끼질하듯 내려치고, 또 내려치고, 발로 밟고, 그래도 분이 안 풀리는 듯 근처에 있던 돌덩이를 들어 내려찍었다.

누가 봐도 정상적이지 않는 모습이지만, 인간의 시신을 뜯어 먹던 오크를 보게 된다면 아마 석영도 갈가리 찢어버리고 싶어 했을 거다.

"얘, 돈 떨어져."

"그래도 언니! 이 새끼가! 이 개새끼들이 사람을 먹었잖아!"

"언니도 봤어. 그리고 사람처럼 부르지 마. 돼지 새끼들이니까."

"그건 그렇지만!"

"그만해."

"익! 후우… 알았어."

그제야 돌을 내려놓는 아영.

한지원은 다시 시선을 돌려 석영을 봤다.

"오랜만이에요, 저격수 씨."

석영의 별명을 웃으며 부르며 인사하는 한지원. 그녀는 변한 게 없었다. 장비도, 무기도. 그런데도 오크를 씹어 자셨다.

'역시……'

그냥 이 여자가 괴물인 거였다.

자신이 약한 게 아니라.

"반갑습니다."

"그날 이후, 한 달 정도 됐나요?"

"글쎄요. 시간 개념이 없는지라."

아마 그 정도 되긴 했지만, 그건 관심이 없었다.

"유저입니까?"

"아니요, 유저는 죽으면 빛이 되어 산화해요. 그리고 현실로 튕겨 나가죠."

"그럼… NPC군요."

"네. 우르힌 마을 주민 같아요. 거긴 글로츠 마을과는 달라요. 진짜 우리 현실의 지방군 같아요."

"네?"

이건 또 듣지 못했던 소리다.

정의 혈맹도 해주지 않은 정보.

사실 이미 삼 일 전인가 게시판에는 풀렸지만 석영이 며칠 동안 라니아에서 노숙을 하느라 몰랐을 뿐이다.

"지방군 같다고요. 수천수만의 사람이 사는."

"……"

석영은 잠깐 말문이 막혔다.

이미 글로츠 마을에서 경험하지 않았나. 잡화 상점이나 사체 처리 상회의 NPC들. 감정 표현까지 가능한 그들이 정말 NPC(Non-Player Character)일까? 다양한 콘텐츠를 제공하던 인공지능 도우미가 맞을까?

"가보면 알 거예요."

그때 다시 들려온 한지원의 말에 석영은 가만히 고개를 끄덕였다.

"오빠!"

그때 아영이 끼어들었다.

여전히 목청은 무슨 기차 화통 삶아 드신 것처럼 크다. 시선을 돌려보니 두 눈에서 레이저라도 나올 기세였다.

"왜."

"나한테는 인사 안 함?"

"고개 끄덕여서 했어. 그 정도면 됐지, 뭘 바라?"

"그 정도로 안 되거든? 뭐야, 이 오빠? 아직도 그때 일 가지고 꽁한 거야?"

피식.

대화가 진짜… 싫다.

자신의 생각만 강요하는, 자신의 기준만 따지는 아영이 특유의 대화 방식. 그리고 석영은 한지원을 다시 바라보았다.

"얼마나 더 가야 됩니까?"

"몇 시간 정도? 얼마 안 걸려요. 그리고 이 앞으로는 오크도 거의 없어요. 우르힌 마을의 자경단이 돌아다니고 있어서요."

"그렇습니까?"

"네, 안전하게 그냥 길 따라 걸으면 될 거예요."

"감사합니다."

"뭘요, 대단한 것도 아닌데. 같이 갈까요?"

"사냥 중 아니었습니까?"

한지원의 호의가 솔직히 부담스러워 되물은 석영이다. 그렇다고 하면 자기는 괜찮으니 됐다고 하려고. 근데 석영의 생각은 깔끔하게 빗나간다.

"아까 저 꼴을 보니… 기분이 확 잡쳐서요. 오늘은 그냥 쉬려고요. 멘탈 보정 덕분에 이 정도지, 아니었으면 며칠을 아무것도 못 할 정도로 쇼킹한 장면이었어요."

"그렇긴… 합니다."

석영도 그 말에 인정했다.

사냥?

이 기분에 무슨 사냥이냐.

솔직히 말해 빨리 우르힌에 도착해 마을 등록 후, 로그아웃을 하고 싶었다. 진짜 그만큼 오크가 사람을 뜯어 먹는 장면은 쇼킹, 그 자체였다.

'현실이냐, 비현실이냐……'

도저히 분간이 안 가는 석영이었다.

결국 한지원의 호의를 받아들인 석영은 우르힌 마을로 가는 내내 당한 고막 테러 때문에 로그아웃하고 싶은 충동을 수십 번을 겪어야 했다.

그렇게 우르힌 마을에 도착했을 때, 석영은 비현실의 극치를 봤다.

episode 12
시작되는 격동의 시대

접속을 종료하고 밖으로 나온 석영은 맥없이 소파에 털썩 주저앉았다. 잠깐 멍하니 천장을 보던 석영이 불쑥 중얼거렸다.

"내가 뭘 본 거지……?"

한지원이 분명 어느 정도 발전한 도시 같다고 한 말은 들었다.

솔직히 에이, 설마 하는 마음이었다. 하지만 한지원의 말이 진짜 맞았다. 우르힌 마을은 마을이라고 부를 수 있는 수준이 아니었다.

이곳은 완벽하게 거대한 시였다.

정의 혈맹에서 말하지 않은 이유를 금방 알 수 있었다.

서프라이즈.

글로츠 마을의 규모를 생각하고 온 이들에게 깜짝 이벤트를 위해 우르힌 마을이 있다는 것만 밝혔지, 다른 정보는 풀지 않은 것이다.

오히려 그게 더 좋았다.

정말 놀랄 만큼 놀랐으니까.

하지만 단순히 그 정도로는 그냥 '우와' 하고 말았을 거다. 석영이 뭘 본 거냐고 중얼거린 이유는 따로 있었다.

"이종족이라니… 하하."

그래, 바로 이종족이었다.

라니아에서 캐릭터를 생성할 때, 인간이 아닌 다른 종족을 고를 수 있었다. 석영이 캐릭이었던 궁수도 크게 본다면 요정, 즉 엘프 종족에 들어간다. 인간은 기사와 마법사 이렇게 있고, 그 외에 다크엘프, 드워프, 타이탄 혈족 등 이종족으로 캐릭터를 생성할 수 있는데, 우르힌 마을에는 딱 두 종족이 존재하고 있었다.

바로 엘프와 드워프. 이렇게 두 종족이 버젓이 인간과 섞여 우르힌 마을에 거주하고 있었다. 물론, 그 수는 굉장히 소수였다.

두 종족의 본거지는 라니아 세계관에서 알 수 있듯이 요정의 마을과 지저 마을이 진짜 마을이었다.

"그건 하나의 생명체지……. 절대로 인공지능 따위가 아니야."

상점에서 무기를 팔던 드워프.

그 짧은 다리 주인의 시크함은 절대로 인공지능으로 구현해 낼 수 있는 레벨이 아니었다.

"참나……"

석영도 이제 새로운 세상으로 인식하고 있었지만, 엘프와 드워프의 등장은 석영에게 쇼크를 주기에 충분했다.

지잉.

놀란 마음을 진정시키려 TV를 틀었더니 또 그 연쇄 강간 살인마에 대한 뉴스가 나오고 있었다. 얼마나 악질적인 놈인지, 놈의 범행 소식을 보던 석영의 눈이 절로 찌푸려졌다. 천하의 쓰레기.

쓰레기 중에서도 완전 폐기급 쓰레기였다.

그 어떤 방법으로도 재활용이 불가능한.

"인권이고 나발이고 저런 새끼는 그냥 죽이는 게 낫지."

진정시키려고 했다가 오히려 짜증만 나버려 툭 중얼거린 석영은 이내 TV를 다시 끄고, 저녁을 해결하고는 바로 씻고 침대에 누웠다. 그리고 곧 기절한 것처럼 잠에 빠져들었다.

                    *   *   *

눈 밑이 거뭇하게 죽은 중년 사내가 실시간으로 올라온 보고에 인상을 팍 썼다.

"또? 와 시발, 미치겠다. 진짜……."

"팀장님… 살려주십쇼. 이러다 저희 죽겠습니다."

30평 남짓한 사무실에는 열 명이 각자의 테이블에 머리를 박고 있었다. 이들은 정부가 새로이 출범시킨 유저 관리 팀의 팀원들이었다.

리얼 라니아가 생긴 이후, 이제는 거의 두 달이 다 되어가는 시점에서 가장 큰 문제점은 정신 나간 유저들의 폭주였다.

힘이 생겼다.

몸에다가 기본으로 +6 강화만 해도 영화에서 나오는 히어로들은 저리 가라 할 정도로 괴물이 되어버린다. 그러니 개인마다 잠재되어 있던 폭력성이 눈을 뜨기 시작했다. 처음에는 유저끼리의 PK가 문제가 되기 시작했다.

가장 먼저 나타난 학살과 정의. 이 둘은 허구한 날 싸워댔다. 이유는 학살은 말 그대로 행패였고, 정의는 그나마 그런 행패를 막는 경우였다. 그렇게 단체 패싸움으로 줄줄이 병원에 실려 가는 경우도 허다했다. 이어 강력하게 두 혈맹의 군주에게 경고를 하고 나자 좀 줄어들긴 했는데, 그것도 잠깐이었다.

안 보이는 데서 싸워댔다.

그런데 차라리 그러면 다행인데…….

"어디냐…….'

팀장 양홍식이 지친 목소리로 물었다.

그러자 팀원 중 하나인 주윤식도 마찬가지로 지친 목소리로 대답했다.

"클럽 로미오입니다…….'

"시발… 접수 내용은?'

"유저 하나가 거기 관리하는 애들 싹 조졌답니다.'

"아… 미치겠다. 몇이나 당했어?'

"서른 정도…….'

"……"

멈칫했던 양홍식의 입에서 기어이 욕설이 다시 흘러나왔다.

"개새끼들…….'

으득으득!

섬뜩하게 이를 간 양홍식은 정말 짜증 가득한 표정으로 일어났다. 유저가 지랄을 떨었으니, 일반 경찰을 보내봐야 어차피 소용도 없었다. 그냥 튀면 끝이니 말이다. 그러니 결국 유저 관리 팀이 나서야 했다.

신설된 팀이다 보니 인원수도 적은 이들 전부가 유저 출신이었다. 실제는 20명인데, 2교대로 돌아간다.

한 팀이 현실에 있을 때, 한 팀은 리얼 라니아에 접속해 사냥을 통해 자신을 강화한다. 이렇게 계속 맞교대로 돌아가다 보니 휴식 시간이 진짜 극악이었다.

사명감.

그게 없었다면 벌써 때려치워도 진즉에 때려치웠을 정도로 근무 조건이 최악이었다. 양홍식 자신만 해도 당장 때려치우고 싶었다. 하지만 위에서 극구 뜯어말리고, 어르고, 달래다 보니 아직도 못 때려치우고 있었다.

조건으로 인원 보충을 요구했지만 해준다, 해준다 하면서 아직도 인원 보충은 제대로 이루어지질 않고 있었다. 물론 인원이 부족한 이유는 분명하게 있다. 서울만 해도 인구가 아주 지랄 나게 많다.

그러다 보니 관리하는 팀을 여러 곳에 둬야 했다. 그것도 각 구에 한 팀씩은 반드시 있어야 즉각 대처가 가능했다.

그럼 수도권은? 전국 각지로 가면? 기하급수적으로 올라간다. 근무 조건은 최악이지, 그렇다고 월급을 많이 주나? 그것도 아니지.

그러니 인원 보충은 하고 싶어도 지원자가 없어 안 되고 있는 상황이다. 오히려 기존의 팀원들이 나간다고 발악 중이다.

양홍식이 일어나자 그를 따라 다섯이 일어났다.

"신원 파악은 했어?"

"네, 김정민이라고……."

"김정민? 아, 그 새끼 지명수배 유저잖아!"

"네, 그놈 맞습니다."

"이 등신이! 그걸 먼저 말했어야지! 장비 챙겨!"

일주일 전.

뉴스에도 대대적으로 보도된 사건이 있었다. 유저 하나가 젊은 여자들을 잡아다가 강간하고 동영상을 찍어 인터넷에 올려 버린 사건이다. 그 미친놈은 큰 창고에 여자들을 단체로 가둬놓은 다음 눈앞에서 대놓고 한 명씩 강간을 했다. 더 어처구니없는 건, 자신의 얼굴을 그대로 공개했다는 점이었다.

대한민국이 그날 완전 발칵 뒤집혔다. 안 그래도 흉흉한 사건들 때문에 유저들에 대한 인식이 좋지 않았는데, 이 사건으로 아주 바닥까지 떨어졌다. 그렇게 만든 김정민은 쓰레기 중에서도 재활용도 안 되는 폐기물이다.

특급 지명수배 유저.

잡아오면 십억. 확실한 제보만 해도 일억.

거액이 걸린 새끼다.

"이 개새끼, 아주… 잡으면 대가리 썰어버린다!"

으르렁거리는 양홍식은 코트를 챙겨 밖으로 나갔다. 멋대가리 더럽게 없는 코트지만 이건 필수였다. 안에 칼이며 활이며 숨기려는 용도였으니까. 밖으로 나온 양홍식은 바로 로미오로 출발했다.

차로 십 분이지만, 서울 도심에서는 차라리 달리는 게 빨랐다. 이들도 +6까지 강화했다. 진짜 바람처럼 내달렸다.

로미오에 도착하는 데도 비슷하게 십 분 정도 걸렸다. 경찰이 출동하긴 했는지 통제 중이었다. 간부로 보이는 이에게 다가간 양홍식은 신분증을 보여주며 바로 물었다.

"김정민이 이 개새끼 어딨습니까?"

"아직 클럽 내부에 있습니다. 미친놈이 여자를 인질로 잡고 있습니다. 후우……."

"와… 이 새끼 진짜 갈 데까지 갔구나. 저희가 진입하겠습니다."

"네……."

양홍식은 바로 지하로 내려갔다.

클럽 특유의 끈적끈적하고 텁텁한 공기가 느껴졌다. 음악도 켜놓은 상태인지 쿵쿵거리는 진동이 귀를 때려 극히 불쾌한 감정을 만들어냈다.

두꺼운 문을 열고 안으로 들어가자 피 냄새가 훅, 하고 들어왔다.

텅 빈 내부에는 팔다리가 잘려 꿈틀거리는 로미오 직원들로 가득했다. 물론 직원이라기보단 관리하는 조폭들이겠지만.

김정민은 무대 위에 걸터앉아 있었다. 그 주변에는 사지가 포박된 여인 다섯이 꿈틀대고 있었다. 옷은 전부 찢었는지 모두 전라였다. 욕지기가 확 올라왔다.

"저 새끼 오늘 반드시 죽인다……."

이들에게 살인 면허는 주어지지 않았다.

하지만 양홍식은 그냥 죽여 버릴 생각이었다.

"여, 이제 왔어?"

삼십 대 초반, 족제비를 닮은 얼굴 상.

특급 지명수배 유저 김정민이다.

"그래. 왔다, 이 새끼야……."

"늦었잖아? 일부러 빨리 좀 오라고 그렇게 난리를 쳐드렸는데."

"지랄하네……."

아악!

놈이 가까이 있던 여자의 머리채를 끌어당겼다. 찢어지는 비명 소리에 이를 으득 간 양홍식은 바로 칼을 꺼냈다.

+7 대태도.

웬만한 건 싹 썰어버릴 정도의 절삭력을 가진 놈이다. 기본 수치인 +6과 +7은 아예 달랐다. 아이템이 깨지는 +7부터는 6에 비해 거의 두 배 이상의 강도와 절삭력을 보인다. 인간의 육체나 팔다리는 아주 종이처럼 찢어버릴 거다.

물론 맞는다는 가정하에 말이다.

"오우, 무서워라. 근데 어쩌나? 날 베려면 이 여자도 같이 베야 할 텐데? 큭큭!"

그러면서 여자를 자신의 앞에 세우는 김정민.

"아악!"

여인의 비명이 바로 뒤따라왔다. 그 모습에 다른 여인들도 비명을 지르며 몸을 꿈틀거려 조금이라도 더 벗어나려고 했지만 발을 묶은 끈을 김정민이 다른 손에 쥐고 있었다.

도망치고 있어도 저 강화한 육체로 끌어당기면 도로 끌려온다.

"원하는 게 뭐냐."

"원하는 거? 음……."

"들어줄 테니까… 일단 여자들은……."

"없어, 그런 거."

"……."

중간에 말을 싹둑 자르고 들어온 김정민의 말에 양홍식은 이를 갈았다. 얼마나 세게 갈았는지 이빨이 조금 갈려 나갔을 정도였다.

죽여 버리고 싶다. 진짜 죽여 버리고 싶은데… 인질들 때문에 움직일 수가 없었다. 믿는 건 지금 조용히 숨어 있을 저격수 둘이다. 다섯이 같이 왔다. 둘은 원거리 저격수고, 둘은 근접이다. 근접 팀원 둘은 양홍식의 뒤에 서 있었다.

"그냥 재미로 하는 건데 뭘 원하는 걸 말하래? 사람 서운하게."

"재미……."

그래, 이런 놈들이 있다.

김정민이 선을 완전히 넘은 폐기물이라 그렇지, 현재 학살 혈맹만 해도 그렇고 저렇게 재미로 사람을 폭행하는 유저들이 엄청 많았다. 진짜 심했을 때는 하루 수백 건의 신고가 유저 관리 팀에 연락이 왔을 정도였다. 그것도 양홍식이 맡은 지역구에서만 말이다.

리얼 라니아.

여기서 힘을 얻은 새끼들이 미쳐가고 있었다.

아니면 반대로 원래 미친 새끼들이 힘을 얻었던가.

뭐든 상관없었다.

그냥 현재, 사회가 미쳐 돌아가고 있는 거다.

그렇다고 군을 움직일 수도 없었다.

군은 최후의 선이었다.

움직이는 순간 사회적 불안은 당장에 최고치를 찍고도 남을 거다. 다행히 현 정권도 그걸 알아 필사적으로 군부의 움직임은 막고 있었다.

'미치겠네, 시발…….'

김정민이 가지고 있는 여유는 인질도 있지만, 아마 본인 스스로에 대한 강함이 더 큰 이유일 거라 생각했다. 저놈은 육체를 극한까지 올린 놈. 게다가 입고 있는 장비나 방어구는 딱 봐도 고블린 던전을 클리어하며 얻은 장비처럼 보였다.

들고 있는 무기는 레이피어.

근접 전투를 치르는 검사 타입이 분명했다.

저런 놈들이 제일 위험했다.

'일단 인질부터 구출해야 돼. 그래야 잡든 말든 할 텐데……'

문제는 그 인질을 구할 방법이 마땅치가 않다는 점이다. 재미로 이런 짓을 저지른 놈인 만큼, 어떤 조건을 제시해도 넘어가지 않을 거다. 돈? 돈이 필요한 놈이 클럽에서 이 지랄을 하고 있을 이유가 있을까?

'그냥 대낮에 은행을 털었겠지……'

상황이 너무 안 좋았다.

피해를 감수하더라도 덤벼들어야 하나?

순간적으로 고민이 들었을 때였다.

파각……!

갑자기 김정민의 머리가 수박 터진 것처럼 폭발해 버렸다.

'뭐, 뭐여?'

양홍식이 터져 나간 김정민의 머리를 보며 일순간 든 생각이었다.

"꺄아악!"

우수수 떨어지는 두개골 조각과 머리 안 내용물을 정통으로 얻어맞은 여인의 비명이 정적을 깨뜨리자, 양홍식도 그제야 정신이 번쩍 들었다.

"아가씨들 확보해!"

"네!"

양홍식의 명령에 전담반 대원들이 득달같이 내달렸고, 양홍식은 바로 사방을 살폈다. 하지만 어디에도 사람의 인기척은 느껴지지 않았다.

'저격인데, 어디서 쐈지? 어떻게 들어온 거고!'

3층으로 날듯이 올라간 양홍식은 모든 룸을 열어젖혔다. 하지만 당연히 그 어디에도 사람은 없었다. 이미 김정민이 지랄 떨 때쯤 모든 사람이 도망친 것이다.

덜컥!

이어서 옥상으로 향해봤지만 역시나 사람은 없었다. 후덥지근한 서울의 밤공기만이 양홍식을 반겼다.

쿵!

"시발! 뭐야, 이게!"

너무 순식간에 벌어진 일이었다.

이 상황을 어떻게 해야 하나 고민 중이던 차에 정말 갑자기 김정민의 대가리가 터져 나갔다. 말 그대로다.

터덜터덜 1층으로 내려오니 대원 하나가 다가왔다.

"즉사입니다. 목 위로 그냥 다 날아갔어요."

"나도 봤다."

"찾았습니까?"

"찾긴 개뿔, 개미 새끼 하나 없어. 나가서 담당서 경찰한테 주변 방범 카메라 싹 뒤지라고 해. 어디로 도망쳤는지는 모르겠지만 분명 잡혔을 거다."

대한민국의 치안은 전 세계적으로 따졌을 때도 굉장히 좋은 편에 속한다. 총기 사용이 불가능한 것도 있지만, 거미줄처럼 쳐놓은 방범 카메라도 톡톡히 제 몫을 해내고 있었다.

"네."

그 대원은 바로 입구를 통해 위로 올라갔다. 양홍식은 계단을 올라가는 대원을 보며 고개를 갸웃거렸다.

"어떻게 들어왔지……?"

클럽 로미오는 지하 2층 주차장, 지하 1층, 1층, 2층 스테이지, 3층, 4층이 룸이다. 입구에서 스테이지로 들어서려면 지하로 들어와야 한다. 그런데 저격수는 지하로 들어오지 않았다. 분명 김정민이 지랄을 시작하고 나서 경찰이 인원 통제를 했다고 했다.

"안에 이미 들어와 있었나?"

그러나 양홍식은 바로 고개를 저었다. 설마 저격 라이플을 챙겨 클럽을 찾진 않았을 거다. 가방에 넣어놔도 충분히 의심이 될 물건이니 말이다.

"남은 건 옥상밖에 없는데……."

힐끔.

김정민의 사체를 처리하는 대원들을 보다가, 이내 다시 옥상으로 올라가는 양홍식. 김정민이 죽은 건 아무런 감흥도 없었다. 어차피 죽어야 할 쓰레기였으니까. 솔직히 자신도 기회만 됐다면 실수인 척 모가지를 쳐버릴 참이었다.

옥상에서 사방을 살펴보다가, 클럽 로미오의 바로 옆 건물에 시선을 주었다.

"여기군."

거리가 상당히 된다지만, 이 정도면 충분히 각성된 육체로 뛰어넘을 수 있는 거리였다. 약 12~13m 정도였으니까.

뒤로 몸을 뺀 양홍식은 냅다 달려 옆 건물로 뛰었다. 착지하며 낙법으로 일어나고는 바로 사방을 살폈다. 아니나 다를까, 자신이 착지할 때 생긴 것과 같은 흔적이 있었다.

"팀장님, 거기서 뭐 하십니까!"

옥상으로 따라 올라온 대원의 외침이 들렸다.

잘됐다.

폰을 꺼내다 말고 양홍식은 마주 소리를 질렀다.

"야! 이 건물 방범 카메라 싹 뒤져! 이 건물 주변도 전부!"

"네? 안 들립니다!"

"내가 서 있는 건물이랑 이 건물 주변 카메라 싹 뒤지라고!"

"아, 네! 알겠습니다!"

후다닥 달려가는 대원을 보며 양홍식은 혀로 입술을 핥았다. 세상이 뒤숭숭하니 이런 도시의 히어로까지 나왔다. 그것도 양홍식이 꽤나 좋아하는 부류인 다크 히어로다.

양홍식은 주변을 다시 살펴봤다. 혹시 뭔가 흘리고 간 게 없나 확인하기 위해서였다. 하지만 당연하게도 아무것도 나오지 않았다.

툭.

괜히 발끝으로 바닥을 찼다.

"흘리고 갔을 리가 없지."

아마추어도 아니고.

양홍식은 리얼 라니아가 나오고 난 이후 관리 팀장이 된 케이스다. 그 이전에는 푸른 집 경호실에 근무했고, 그 이전엔? 대한민국 특전 사령부에 있었다.

"프로네. 그것도 아주… 제대로 된 놈이네."

툭 중얼거린 양홍식은 짙은 호기심이 이는 걸 겨우 눌러 참았다. 다시 로미오로 돌아온 양홍식에게 감식반 유정은 반장이 다가왔다. 삼십 대 후반의 여인은 전형적인 수사물 드라마에 나오는 캐릭터와 아주 닮았다.

날카롭고, 이지적인 눈매에 풍만한 육체, 이들 특유의 하얀 가운까지. 요 근래 유저들이 하도 사고를 쳐서 이제는 서로 마주하기도 지쳐갈 정도였다.

"저기예요."

"네?"

"저격 포인트."

"아……."

유정은이 가리킨 곳은 3층이다. 고개를 들고 있는 양홍식의 귀에 다시금 유정은의 목소리가 들려왔다.

"저기서 눈을 거쳐 턱 밑으로 관통했어요."

"대가리가 날아갔는데요?"

"강화탄 같아요."

"강화탄?"

"네, 저희도 실험 한번 해봤거든요. 기존 탄에 주문서를 바르면 어떻게 되는지."

"결과가 어떻게 나왔습니까?"

"총알이 일단 관통하고, 그 뒤 후폭풍이 엄청 거세게 몰아쳐요. 머리가 터져 나간 건 그 이유고요. 두개골의 상흔으로 이것도 겨우 알아냈어요. 아니, 짐작이 맞겠네요."

고개를 절레절레 흔드는 유정은.

하지만 양홍식의 관심은 솔직히 김정민에게서 떠나 있었다.

어차피 죽여야 할 놈이었는데, 죽은 것뿐이다. 지금 당장의 관심은 저격수와 강화탄이었다.

"무제한 사용, 가능합니까?"

"총도 동급으로 강화했다는 가정하에서요. 하지만 알잖아요? 총에 주요 부품이 몇 개인지. 그걸 다 바르기에는……."

"돈 잡아먹는 괴물이라는 거네요. 반대로 탄은 다른 걸 강화할 필요가 없으니까……."

"네. 6강짜리 탄을 강화되지 않은 총으로 사용하면, 열 발도 못 쏴요. 총열부터 시작해서 싹 망가지거든요."

"골 때리네요."

양홍식의 솔직한 감상에 유정은은 후, 하고 한숨을 내쉬었다. 그녀는 며칠 잠을 못 잤는지 사나워 보일 정도의 눈빛으로 말을 이어갔다.

"이걸로 감식반의 기존 방식은 반 이상은 폐기해야 해요. 그리고 남은 반은 다시금 실험을 해봐야 하는데… 재료가 없는 거죠, 뭐."

"그렇긴… 하군요."

재료가 뭐겠나.

현실에서 사람을 상하게 하는 물건과 주문서다. 총이나 칼은 쉽게 구할 수 있지만 문제는 주문서다.

수량이 한정된 아이템. 아니다, 사기는 쉬우나 소모적으로 계속 퍼붓기에는 파는 사람이 그리 많지 않다. 이유는 당연히 소모성 아이템이기 때문이다. 기존 장비는 영원히 가나, 육체에 거는 강화는 시간이 지나면 풀리기 때문이다.

그래서 보통 유저들은 강화 주문서를 쟁여두지 팔지 않는다. 정말 돈이 필요하지 않는 이상 말이다.

그러다 보니 이 주문서는 전부 정부 관련이나 군부 관련직에 종사하는 이들에게 강제로 삥을 뜯는다. 반발이야 거셌지만, 적당한 보상으로 겨우 달랠 수 있었다.

"그러니 주문서 좀 줘요."

"없습니다."

"그러지 말고 좀 주시죠? 실험할 게 산더미예요."

"저번에도 분명 백 장이나 양도했습니다만… 그게 2주 전이었나요?"

"열 장 남았어요."

"뭘 어디다 그렇게 퍼부으신 겁니까?"

"그건 나중에 서류로 보고할게요."

"…어쨌든 없습니다."

양홍식은 딱 잘라 말했다.

안 그래도 부하 직원들이 죽겠다고 하소연하는 판국인데 주문서까지 삥 뜯기면 당장 짐 쌀 놈들이 수두룩하다.

"팀장님!"

"어!"

"찾았습니다!"

"그래?"

눈에 반짝! 빛이 들어오는 양홍식이다. 팀원이 급히 다가가 태블릿을 내밀었다. 화면 안에는 검은 모자와 검은 마스크를 쓰고, 나머지도 온통 검은 복장으로 도배를 한 여인이 기타 케이스를 메고 내려가는 사진이 흐릿하게 찍혀 있었다.

"여자네요?"

빼꼼 고개를 내밀어 사진을 본 유정은이 말하자 휙! 일단 태블릿을 치우는 양홍식. 그러자 유정은의 눈매가 반달을 그렸다.

"지금 숨긴 거예요?"

"유력 용의자인지라."

"이러기죠?"

"이러깁니다. 일단 다음에 제가 전화드리겠습니다."

"아, 진짜, 양 팀장님!"

"홍성아, 가자."

그녀의 찢어지는 고함을 무시한 양홍식은 일단 움직였다. 유력 용의자이자 다크 히어로로 판단되는 이는 웃기게도 여인이었다. 긴 생머리에 선글라스, 마스크. 특징을 잡는다면 어처구니없게 그게 전부였지만 알다시피 한국은 치안 강국에 속한다.

방범 CCTV를 이 잡듯이 뒤지면 분명 꼬리를 물 수 있을 거라 생각했다.

"근방 싹 뒤져. 어디로 움직였고, 어디로 들어가고, 누굴 만나고, 사라지면 어디쯤에서 사라졌는지! 못 찾으면 올 생각 버려!"

"…저 혼자 합니까?"

계단을 올라가며 양홍식의 말을 들은 이홍성은 기가 막힌 심정으로 되물었다. 양홍식은 그 물음에 잠깐 멈추고, 빤히 이홍성을 바라봤다.

"찾아오면 휴가 5일."

"당장 가겠습니다!"

"오케이, 수고."

"넵! 팀장님, 수고하십쇼!"

이홍성은 벼락처럼 내달렸다.

밖으로 나온 양홍식은 담당 서 형사에게 알려줄 건 알려주고, 숨길 건 숨겨가며 상황을 전달해 준 뒤 뒤늦게 몰고 온 차에 몸을 실었다. 그러고는 의자에 깊이 등을 묻고 주변을 살펴보았다. 차에는 아무도 없었다.

그러자 품에서 담배를 꺼내 입에 물었다.

"후우."

매캐한 연기. 그러나 지금 이 순간 양홍식에게 이보다 더 위로되는 존재는 없었다. 한 모금 깊숙이 빨고, 다시 뱉는 양홍식의 입에서 느릿하지만 묘한 흥분감이 깃든 한마디가 나왔다.

"누구냐……."

넌……?

유명한 영화의 대사였다.

하지만 지금 이 순간, 양홍식의 마음을 가장 잘 표현한 단어이기도 했다.

*   *   *

전망이 끝내주는 고층 오피스텔.

뷰로 보아 한강 근처가 아닌가 싶었다. 그 오피스텔로 한 여인이 들어섰다. 온통 새까만 물건과 옷으로 도배를 한 여인은 기타 케이스를 소파에 올려놓고, 품에서 위성 폰을 꺼내 어딘가로 전화를 걸었다.

신호가 얼마 가지도 않아 묵직한 어조의 대답이 들려왔다.

—나다. 경례는 생략하고 보고부터.

"네, 충성. 처리했습니다."

—그래, 수고했다. 다음 타깃은 정해지는 대로 알려주지.

"네. 저기 대령님……."

―아직 고스트에 대한 정보는 찾지 못했다.

"……."

수화기 너머, 자신의 상관의 말에 여인은 침묵하고는 입술을 소리 나지 않게 깨물었다. 피가 툭 터질 정도로 아주 세게 물었다.

―중위.

"네, 대령님."

상관이자 자신이 가장 존경하는 인물의 부름에 여인은 확실히 대답했다. 몸에 익은 습관이기도 했지만, 자발적인 충성심에서 우러나온 행동이기도 했다.

―찾는다. 지구 전체를 뒤져서라도 찾아낼 테니 걱정 말도록.

"네, 감사합니다."

―그에게 진 빚이 나도, 우리 대대도 산더미야. 그러니 나를 믿고, 우리를 믿고 기다려라.

"네."

―좋아. 참, 정미경 대위가 갈 거야. 본국에 근거지를 마련하기 위해서.

"언제 들어옵니까?"

―일주일 뒤, 부산. 팀원 다섯이 같이 간다.

"네, 나가겠습니다."

―그럼 수고하도록.

"네, 충성."

뚝.

허무할 정도로 용건만 오간 통화가 끝나고, 여인은 휴대폰을 소파에 툭 던져 버렸다.

그로부터 오 년. 온 마음을 줬던 그 사내가 행방불명이 된 지 벌써 오 년이나 흘렀다. 평소에는 괜찮지만 항상 자신의 '본업'을 수행하고 나면 이렇게 '그'가 생각나 눈물이 뚝뚝 흘러내렸다. 지독한 슬픔이 가슴을 강제로 열고, 그리움이란 불덩이가 열린 가슴속으로 들어와 속을 화르르 태웠다.

"당신, 대체 어디 있나요……."

통화 때와는 다른, 나른하면서도 자조적인 어조.

여인은 그 자리에 망부석처럼 서서 한참을 소리 없이 오열했다.

아침에 눈 뜬 석영은 운동 및 식사 후 역시 라니아 홈페이지에 접속했다. 항상 리얼 라니아로 넘어가기 전 이렇게 새로운 정보가 있나 없나 확인하는 게 버릇이 되어버렸다.

"어?"

사실 매일 별다른 게 없었고 그저 의무적으로 확인했던 건데, 석영의 입가에서 탄성이 흘러나오게 할 뜨끈한 게 오늘은 올라와 있었다.

"잡혔네?"

고블린 부족장의 세컨드 킬 소식이다.

세컨드 킬은 학살 혈맹에서 해냈다.

정의와 학살은 서로 라이벌이라고 생각하는 사이였는데, 정의가 새로운 마을, 아니, 도시를 발견하자 학살이 아직까지 난 공불락이던 고블린 부족장에 매달려 결국은 잡아낸 거다. 그리고 역시 학살답게 어떻게 잡았는지에 대한 정보는 하나도 풀지 않았다.

그냥 잡았다.

그리고 그에 대한 증거로 부족장의 도끼를 현실에서 찍은 사진을 올리는 걸로 딱 끝냈다.

"좀 더 걸릴 줄 알았는데……."

너무 빨리 잡혀 버렸다.

고블린 부족장 퍼스트 킬 이후, 석영이 이룬 건 거의 하나도 없었다. 업적이 중요한 건 아니지만 리얼 라니아는 업적 시스템을 알게 모르게 자연스럽게 등장시켜 놨다. 바로 던전 입구에 새겨진 유저 정보가 바로 그것이다.

띠링.

마우스 옆에 두었던 스마트 폰이 울렸다.

[한지원이에요. 오늘 약속 잊지 말아요.]

어제 접속 해제 전, 여관에서 한지원이 먼저 할 얘기가 있다고 오늘 약속을 잡았다. 던전에 대한 얘기라고 헤서 수락하고 바로 로그아웃을 했다. 약속 시간은 열두 시, 장소는 어제 헤어졌던 여관이다.

시간을 보니 현재 열 시. 아직 넉넉했다.

하지만 석영은 그냥 바로 리얼 라니아에 접속했다. 어차피 정보도 새로운 건 없고, 집에 있어봐야 할 일도 없었기 때문이다. 때문에 먼저 접속해서 일단 우르힌 마을을 둘러볼 생각이었다.

세상이 변하고, 신세계가 눈앞에 나타났다. 약간의 이명과 함께 어지럼증이 잠깐 찾아왔다가 곧 가셨다.

장소는 어제 로그아웃한 신녀의 앞.

형형색색의 머리카락이 눈을 어지럽히고, 가지각색의 무기와 방어구도 인상적인 세상. 잠시 멍 때리고 그 장면을 보던 석영은 곧 주변을 둘러봤다. 신녀는 항상 마을 중앙 분수대에 있었다.

그리고 그 중앙 분수대 주변으로 모든 상점이 몰려 있었다. 물약이나 기능성 아이템을 파는 잡화 상점을 시작으로 무기, 방어구, 가죽, 보석, 세공 등등 아이템에 관한 모든 상점이 몰려 있었고, 석영은 하나씩 차근차근 둘러봤다.

잡화 상점에서 물약을 세팅하고, 무기 상점에서 단단한 단도 세 자루를 사서 다시 인벤토리에 넣었다.

그리고 방어구.

방어구는 쓸 만한 게 없었다.

최고 좋은 게 지금 석영이 입고 있는 갑옷과 등급이 같았다. 이어서 다른 상점도 둘러보다 보니 어느새 12시가 다 되어갔다. 여관으로 들어가니 한지원과 김아영이 벌써 접속해서 기다리고 있었다.

"늦었어요!"

"안 늦었어."

아영의 외침을 딱 잘라 말하는 석영. 확실히 지금은 열두 시 오 분 전이다. 그러니 절대 늦은 게 아니었다.

"헤헤, 그런가? 오빠, 여기 앉아요."

드르륵.

석영은 아영이 빼준 의자에 앉았다.

"딱 맞춰 왔네요?"

"접속은 아까 했는데, 좀 둘러보고 오느라."

"헤헤, 신기하죠? 근데 오빠, 분수대 광장만 둘러본 것 같은데, 여기 진짜 커요. 대충 지방 중소 도시쯤? 아, 오빠 충주 살죠? 그 정도예요."

"충주라……."

당연히 어느 정도 크기인지 알 수 있었다.

충주 인구가 석영이 알기로는 이십만 언저리다. 그렇다는 건 우르힌 마을의 주민도 그 정도 될 수 있었다.

엄청나다.

갑자기 스케일이 어마어마하게 커져 버렸다.

"그보다 어제 얘기했던 던전에 대한 얘기 좀 먼저 할까요?"

"그럴까요?"

'아, 오빠, 내 말 안 끝났음!' 하고 옆에서 아영이 앙탈을 부렸지만 그 앙탈은 짜증만 남기고 소화되어 버렸다.

한지원이 꽃잎이 둥둥 떠다니는 차를 한 모금 마시고는 말문을 열었다.

"새로운 던전을 찾았어요."

"뭐가 나오던가요?"

"개미요."

"아, 개미굴이네요, 그럼."

"네, 근데 그냥 개미굴은 아니에요."

"네?"

"거대 개미, 거대 병정개미. 이렇게 나왔었죠? 라니아에서는."

"네, 그랬죠. 아아."

석영은 이해했다는 듯이 고개를 끄덕였다.

고블린만 해도 아직 못 잡는 파티가 있고, 던전 안의 전사나 주술사는 더하다. 고블린 부족장은? 말할 것도 없었다. 당연히 개미들도 마찬가지일 거다.

"오빠, 거대 개미가 이 미터가 넘어. 하하! 믿겨져?"

"이 미터……?"

"응, 무슨 곰만 하다니까! 게다가 빨라! 더럽게 빨라! 존나게 빠르세요, 아주!"

"……"

'존나게'가 뭐냐, '존나게'가.

뭐라 한마디 해주고 싶은 마음은 있었지만, 입 밖으로 굳이 꺼내지 않았다. 응징은 한지원이 했다.

찰싹!

"읍!"

"말 곱게 쓰라고 했어."

"네에……"

오오, 이건 신기했다.

천방지축 개망나니 김아영을 단숨에 휘어잡다니.

'선배라서 그런가?'

실제는 아니었지만 석영은 그냥 그렇게 이해하고, 신기해할 뿐이었다. 아영이를 단숨에 휘어잡은 한지원은 다시 석영을 보며 찬찬히 설명을 이어갔다.

"아영이가 말한 대로 크고, 빨라요. 그리고 턱 힘도 엄청나서 바위도 쪼갤 정도고요."

"한지원 씨 능력이면 쉽게 잡을 수 있을 텐데요?"

"그럼요. 한 마리쯤이야, 뭐."

석영의 말을 그대로 인정하는 한지원의 대답에서는 쿨 내가 풀풀 났지만, 미약하게 인상을 찌푸리고 있었다. 문제가 더 있다는 뜻이었다.

"오크처럼 무리를 지어 움직여요, 이놈들. 보통 다섯에서 열 사이. 절대 따로 움직이는 법이 없어요."

"……"

그렇다면 문제가 된다.

오크도 다섯 마리면 저격 포인트를 설정한 뒤, 주술사부터 쳐 죽여야 했다.

"사냥은 하고 싶은데, 저 혼자 두세 마리를 간당간당 감당한다고 해도, 아영이가 버티질 못해요. 문제는 버티기만 할 뿐, 숨을 끊어놓을 방법이 없어요. 각질이 아영이의 대태도도 튕겨내는걸요."

그래, 이게 아마 가장 큰 문제일 거다.

재차 들려오는 아영이의 부연 설명.

"제대로 관절 이음새를 노려 박으면 들어가긴 하는데 그게 쉬운 게 아니잖아, 그렇게 격렬한 전투 중에."

"그래서… 한 방이 필요하다?"

"응. 그래서 포기하고 오크들이나 잡으려다가 오빠를 만난 거지! 운명처럼!"

"음……."

운명은 개뿔. 귀찮은 일에 휘말린 느낌이 아주 거세게 몰아치는 중이다. 하지만 귀찮아도 던전이다.

귀찮음을 감수할 만한 메리트가 분명히 있었다.

'혹시 버그를 말했나?'

근데 순간적으로 그런 생각이 들었다. 하지만 정말 타이밍이 기가 막히게도 한지원의 말이 이어졌다.

"그때 부족장을 잡을 때 석영 씨의 한 방 대미지가 굉장했던 걸 기억하고 있어요. 그래서 도움을 주셨으면 해요. 아니, 파티 제안을 하고 싶어요. 분배는 사 대 삼 대 삼으로."

"음… 잠깐 생각할 시간을 주시겠습니까?"

"네, 물론이에요."

"오래 안 걸릴 겁니다."

"좋은 소식 기대할게요."

석영은 방을 잡고 이 층으로 올라갔다.

그리고 좀 전 한지원의 제의를 진지하게 고민하기 시작했다.

새로운 던전.

석영이 이곳에 온 이유는 당연히 개미굴이 목적이었다. 그리고 그 던전의 관리자 네임을 새겨 넣는 게 더 큰 목적이었다. 분명 혼자 개미굴은 찾을 수 있을 것 같았다.

'하지만 정보가 하나도 없어. 저건 기본적인 정보고, 혹시 모를 일을 대비하려면 같이 한 번 클리어하는 게 나을 것 같기도 해.'

문제는 이점이다.

크고, 빠르며, 턱 힘이 좋다.

무리 습성이 있고, 던전 안에 몬스터는 몇인지는 파악 불가. 굉장히 단편적인 정보들이 전부였다.

'최대한 정보를 모으기 위해선 역시 파티 제의는 받아들이는 게 나아.'

하지만 여기에도 문제가 있으니, 바로 김아영의 존재다. 그녀는 솔직히 부담스럽다. 너무 들이대는 것도 그렇고, 지 성깔대로 하는 것도 짜증 난다.

'보니까 한지원이 케어 가능 한 것 같긴 하지만……'

분명 또 어떤 상황이 오면 자기 멋대로 행동할 거다. 두 번째 문제는 석영이 파티 사냥에 익숙하지 않다는 점이었다. 조잘 섬에서 아영이와 하긴 했지만 이제 보니 그놈들은 그냥 허수아비나 다름없었다.

흑기사 대장 무리나 고블린 무리와 비교하면 정말 하늘과 땅만큼 차이가 났다. 그러니 그때의 사냥은 경험이라고 할 수도 없었다.

'음……'

사전 답사라는 메리트를 선택할 것인가. 아니면 마음의 안정을 선택할 것인가.

고민은 길었지만 결국 결정을 내렸다.

'하자.'

사전 답사라는 메리트가 결국 이겼다.

이번만 같이하고, 다음부터는 혼자 찾아 움직이면 된다. 난이도가 높으면 공략법을 세우면 될 테고 말이다.

결정을 하자마자 바로 밑으로 내려갔다.

계단을 내려오는 석영을 발견한 한지원은 포크로 스파게티 비슷한 면을 돌돌 말아 올려 입으로 가져가다 말고 다시 내려놓았다. 이어 천으로 입가를 닦고는 석영이 자리에 앉자 조용히 물었다.

"결정했나요?"

"네. 그 제안, 받겠습니다."

"잘 생각했어요."

손을 척 뻗는 한지원. 석영은 그 손을 가볍게 잡았다가 놨다. 이어 아영이 손을 뻗었지만 이건 무시. 이후 또 날뛰려는 아영을 무시하고는 점원을 불러 음식을 시켰다.

십여 분 만에 육류 위주로 나온 메뉴는 맛있었다. 정말 고급 레스토랑에서 먹는 음식만큼 육즙이 풍성하고, 육질이 부드러웠다. 소스는 말할 것도 없었다.

"중독되겠군."

그 맛이 기가 막혀 결국 툭 중얼거린 말에 아영이 또 반응했다.

"그죠? 난 이제 아점저 다 여기서 해결할 생각!"

"살쪄, 얘."

"괜찮아요! 전 안 찌는 체질이니까!"

"풋, 그래서 가슴도 없지."

"억……! 어, 언니!"

깜빡이 없이 들어온 가슴 드립에 아영의 얼굴이 혹 달아올랐다. 마치 일본 애니메이션에 나오는 캐릭터처럼 굉장히 오버하는 동작을 선보이며 파닥거리는 아영을 한지원은 미소를 지은 채 바라볼 뿐이었다.

'후우……'

석영도 이런 쪽에는 내성이 없어 속으로 고개를 절레절레 흔들 뿐이었다. 이어서 한지원은 놀리고, 아영은 이리저리 폭풍 만난 조각배처럼 흔들렸지만 식사는 어찌어찌 끝났다. 티타임을 가지던 중 석영이 한지원에게 물었다.

"오늘 갈 생각입니까?"

"질질 끄는 거 별로 안 좋아해요. 누가 먼저 들어갈 수도 있고. 소화되면 바로 가죠?"

"네, 동감입니다."

"준비는 끝났나요?"

"네, 아까 물약은 전부 챙겨놨습니다."

"그럼 저희만 준비하면 되겠네요. 갔다 올게요."

"네, 기다리겠습니다."

한지원은 바로 아영을 잡아끌어 밖으로 나갔다. 약 삼십 분 뒤 두 사람이 돌아왔고, 파티를 맺은 세 사람은 곧 우르힌의 동쪽으로 나가 사막으로 향했다.

＊　　　　＊　　　　＊

퉁……!

늘 그랬듯이 둔중한 타천 활의 시위 소리.

퍼걱……!

그리고 그 소리가 들려올 때면 어김없이 거대 개미의 몸에 주먹보다 조금 더 큰 구멍이 뚫렸다.

"오케이! 오빠, 이쪽도!"

개미 한 마리가 움직임을 멈추자 아영이 여전히 뾰족한 앞발과 이빨로 공격하는 개미를 여유 있게 막아내며 소리쳤다.

석영은 말없이 시위를 다시 당겼다.

한지원이 지금 두 마리를 상대하고 있지만, 그쪽은 걱정조

차도 안 하는 석영이었다. 이 여자는 정말 대단했다.

육체 강화로 인한 속도 자체는 석영과 크게 차이가 나질 않았다. 아마 둘이 나란히 서서 100m 달리기를 해도 비슷비슷하게 골인 지점에 들어올 것이다.

그러나 가속을 쓴다면 한지원이 당연히 앞서갈 것이다. 거기다 한지원은 그 속도를 이용한 공수 전환, 센스 자체가 아예 차원이 달랐다. 게다가 공격을 사전에 읽는 감각까지… 모든 능력이 거의 극에 다다른 모습을 보여줬다.

그래서 지금 두 마리를 상대하면서도 저렇게 여유롭다. 그냥 막아내는 것뿐만이 아닌 딱딱한 각질 갑옷이 연결되는 관절 부분에 칼집까지 내는 모습을 보여줬다.

퉁……!

어두컴컴한 동굴 속에서 표적을 정한 석영이 가만히 시위를 놓았다. 새까만 무형 화살이 어둠 속에 은밀히 몸을 숨기고 가공할 속도로 거대 개미의 턱으로 날아들었다.

퍼걱!

명중되는 순간, 무서운 회전력과 동시에 드릴처럼 약한 관절 부분을 뚫고 대가리로 쏙 들어갔다.

한 방.

여전히 타천 활은 원 샷, 원 킬의 묘미를 제대로 보여주고 있었다. 갑옷이 엄청 단단하다기에 타천 활이 뚫지 못하는 건 아닌가 싶었는데, 그건 아니었다. 갑옷을 조준하여 쏴도 시원하게 뚫었다.

석영은 다시 한지원을 바라봤다.

이제 남은 건 한지원이 상대 중인 두 마리.

개미굴로 들어와서 총 다섯 번 전투가 있었다. 다섯 마리씩 세 번, 일곱 마리 한 번, 여덟 마리 한 번, 이렇게 다섯 번이다.

전투는 어렵지 않았다. 동굴이라는 특성상, 지원이나 아영이가 두 마리씩만 맡아도 공간이 꽉 차서 남은 개미들은 전부 뒤에서 쉭쉭거리기만 할 뿐, 움직이지 못했으니까. 그래서 여덟 마리 전투도 생각보다 무난하게 끝났다.

이번 전투는 여섯 마리 집단이었고, 십 분이 지나기도 전에 끝날 조짐을 보이고 있었다.

"언니! 한 마리 가져갈게!"

"부탁할게."

아영이의 외침에 한지원은 여전히 나른하면서도 긴장감 없는 말투로 대답했다. 마치 지금 이 순간을 별로 재미없어 하는 것처럼 느껴졌다.

그러든 말든 그녀의 대답에 아영은 득달같이 달려와 개미 옆구리를 방패 차징으로 밀어냈다. 키엑! 하는 괴성과 함께 개미의 고개가 아영이에게 돌아갔다.

아영이는 예상 외로 탱커의 재능을 타고났다. 한 손에는 적당한 길이와 무게의 무기를 착용하고 다른 한 손에는 방패를 든 채 최전방에서 몬스터를 아주 잘 막아냈다. 한지원처럼 괴물 급은 아닌지라 우직하지만, 아주 확실하게 몬스터를 막아냈다.

조잘 섬에서 같이 사냥을 해봤지만 그때는 어차피 초보 몹이었다. 진짜 지금 본토의 몹에 비하면 백배 이상 쉬운 사냥이었으니 자질이고 나발이고 제대로 볼 수도 없었다. 하지만 이렇게 넘어오니 딱 보였다.

'저 호리호리한 몸으로 탱커라니… 웃기는 일이야, 진짜.'

석영이 그렇게 생각할 정도로 예상외였다, 정말.

깡! 까강!

거대한 앞발이 아영이가 쥔 사각 방패를 사정없이 후려쳤다. 그때마다 충격에 상체가 뒤집힐 법도 한데, 오히려 더욱 굳건하게 서서 공격을 막아냈다.

서걱!

그리고 빠지는 앞발 관절에 대태도로 슬쩍 대미지까지 넣는다. 물론 이런 경우는 드물긴 했다.

"오빠, 딜 넣지 말아봐! 혼자 잡아보게!"

"응."

말은 그렇게 했지만 석영은 혹시 모를 상황에 대비해서 다시 시위를 당겼다. 유지하는 데 육체적 힘이 소진되긴 하지만, 그래도 누구 하나 죽는 것보다야 훨씬 낫다는 게 석영의 생각이었다.

석영은 두 사람의 전투를 지켜봤다. 두 사람의 같은 근접 전투 방식이지만, 스타일은 완전히 달랐다.

아영은 모든 공격을 방패로 흘리거나 튕겨냈고, 한지원은 그냥 피해 버렸다. 공격이 들어오는 순간 이미 그녀의 몸은 회피를 시작한다. 낫처럼 앞발이 찢어발기는 궤적에서 이미 벗어난다는 뜻이었다.

그걸 전투 중에 감지하고 피하기란 절대로 쉽지 않은데 말이다.

그만큼 상반된 전투 스타일을 보여줬다.

아영이의 전투가 조마조마하다면, 한지원의 전투는 그와 정반대로 편안하게 볼 수 있었다.

서걱! 서걱!

두 번의 절삭음이 들렸는데, 둘 다 한지원이 만들어낸 소리였다. 한 마리만 상대하다 보니 놈들의 전투 방식을 파헤치려는 건지, 관절 이음새 부분만 공략하며 철저하게 농락하고 있었다. 그 움직임은 경쾌하다 못해 깃털처럼 가벼워 보였다.

'대단하긴 하다, 진짜⋯⋯.'

석영으로서는 절대로 못 할 움직임이었다.

말했듯이 석영은 거리를 두고 단번에 빠르게 저격하는 스타일이지, 저렇게 근접하면서 싸우는 스타일이 아니었다. 그리고 근접 전투는 성격에도 안 맞았다. 라니아를 할 때도 그래서 전투의 꽃이라는 기사보다는 거리를 두고 쏴 죽이는 요정을 선택했을 정도니까 말이다.

한 오 분 정도 그렇게 가지고 놀다가, 더 이상 볼 게 없는지 갑작스레 몸을 날려 개미에게 쇄도했다.

―끼엑! 쉭!

곧바로 대응한다고 낫처럼 앞발을 휘두르지만, 한지원은 그걸 고개를 숙여 피한 다음 그대로 점프했다.

탁, 탁, 탁!

놈의 다리를 세 번 밟고 올라간 한지원이 손바닥 길이 정도 되는 단도를 꺼내 개미의 뒷목에 꽂아 넣었다. 머리와 목이 연결되는 부분을 노린 일격이었다.

푹! 소리를 내며 단검이 끝까지 꽂혀 들어가자 한지원은 그걸 그대로 좌우로 쭉쭉 그었다. 아예 절단해 버리겠다는 것처럼 보이는 행동이자, 조금의 망설임도 없는 행동이었다.

―끼르르…….

그러자 개미가 이상한 소리를 내며 그대로 무너져 내렸다. 쿵! 하고 둔중한 소리와 함께 시체가 되자, 한지원은 가벼운 동작으로 그 위에서 내려 석영에게 다가왔다.

가까이 다가온 한지원.

'저렇게 몸을 쓰고도 땀 한 방울을 안 흘려…….'

소름이 돋는다, 진짜.

오돌토돌 올라온 닭살에 석영은 등골이 찌르르했지만 그걸 내색하진 않았다. 이 여자는 정말… 어디까지 자신을 놀라게 할 작정인 걸까? 다가온 그녀는 석영의 근처에서 아영이의 전투를 지켜봤다. 석영의 시선도 아영에게 향하는 순간.

깡! 까가각!

"익!"

흘리지 못하고 방패가 제대로 긁히는 소리와 함께 아영이의 입에서 짜증스러운 탄성도 같이 흘러나왔다.

상반된 전투 스타일이라 그런지, 아영이는 좀처럼 치명타를 먹일 순간을 포착하지 못하고 있었다.

반격은 회피에서부터 보통 시작된다.

뭘 피해야 카운터라도 넣는 건데 아영이는 방패를 주 방어 수단으로 사용하다 보니 시야도 막히고, 막는 순간 육체를 울리는 힘 때문에 제대로 반격을 못 했다. 그래서 전투가 길어지기 시작했다.

아직 갈 길이 멀기 때문에 석영이 타깃팅을 하려는 찰나, 한지원의 나른한 목소리가 귀로 들어왔다.

"좀 더 지켜봐요. 저렇게 집중하고 있는데."

한지원은 아영이가 전투에 너무 집중하고 있어 그 흐름을 깰까 봐 조언도 아끼고 있었다.

어디, 끝까지 지켜보겠다는 심산인 것이다. 석영은 속으로 짧은 한숨을 내쉬고는 고개를 끄덕였다.

끄덕이는 순간 한지원의 말이 다시 들어왔다.

"그리고 저 정도는 혼자 잡아야 아영이도 한 단계 더 발전할 거예요."

후배를 생각하는 마음이 아주 가상하다. 아니, 후배는 아니고 그냥 언니지만 석영이 거기까진 모르고 있을 뿐이었다.

쾅!

이대로는 안 되겠는지 아영은 방패를 앞세우고 돌진했다. 용케도 그게 제대로 먹혀 개미가 밀려나긴 했지만, 한지원은 혀를 찼다.

"이런, 급하기는."

쉬익!

그 말처럼 급한 차징이 먹히긴 했지만 자세가 무너졌고, 그 틈을 노리며 개미의 앞발이 사신의 낫처럼 아영이의 목을 향해 떨어져 내렸다.

석영도 순간 흠칫했지만 한지원은 나른함은 버리고 냉정함을 채워 넣은 시선으로 석영이 앞으로 손을 쭉 내밀어 가로막았다. 나서지 말라는 뜻이 가득 담긴 행동이었다.

'사자도 아니고, 이게 무슨……'

습성상 강한 새끼만 키운다는 사자.

그걸 빗댄 문장으로 현 상황을 이해하는 석영이었다.

확실히 아영은 아직 부족했다.

'아니, 아니지……. 나는 버그 때문에 센 거고, 저 여자는 그냥 괴물인 거고. 아영이만 정상인데 저 정도면 엄청난 거지.'

까가각!

"윽……."

방패 긁히는 소리가 고막을 강타했다. 그리고 이번엔 아영이의 상체가 휘청거렸다. 체력적인 부담이 온 것이다. 그러나 아영이도 이미 사냥에는 도가 튼 유저다. 바로 몇 걸음 물러나더니 아주 빠르게 물약을 꺼내 마셨다. 그것도 세 개를 연속해서.

쉬익!

이어서 날아오는 공격을 다시금 잽싸게 물러나 피하고는 가속 물약 두 개를 연거푸 들이켰다.

"이 씨……! 끼야!"

그러고는 중간 단어가 생략된 괴상한 욕을 하더니만, 다시금 전속력으로 내달리기 시작했다.

─끼악!

곤충과 주제에 조류가 지를 법한 괴성을 지른 거대 개미가 이번엔 마주 보며 달려왔다. 석영은 순간적으로 이번 격돌이 마지막일 수도 있겠다는 생각을 했다.

아영은 거리가 좁혀지자 달려오던 그대로 앞으로 몸을 던져 굴렀다. 그리고 딱 타이밍 좋게 거대 개미의 앞발이 아영이 있던 땅을 찍었고, 그 순간 틈이 생겼다.

아영은 그 틈을 놓치지 않고 대태도를 그대로 위로 찔러 넣었다.

푹!

—끼에엑!

그 순간 용케도 성인 남성 손가락 마디 하나 정도 되는 연약한 관절에 찌르기를 성공시킨 아영은 이를 악물고는 방패도 내려놓고 도를 잡고 마구 흔들었다.

"죽어! 죽어라, 좀!"

그래도 소리칠 힘은 있는지, 그 순간에도 입을 열어 소리치는 아영이었다.

—끼이이…….

죽어가는지 입 사이에서 흘러나오는 혐오스러운 신음에는 힘이 없었다. 그러나 아영은 그것도 모른 채, 인벤토리에서 길쭉한 검 하나를 더 꺼내 다시금 힘차게 목에다가 쑤셔 박았다. 그러더니 또다시 마구 휘저었다.

그때, 미세하게 떨던 개미가 움직임을 완전히 멈췄다.

아영도 개미가 죽었다는 걸 인지하고 무너지기 전에 그 자리에서 빠져나와 바닥에 철퍼덕 주저앉았다. 그녀가 주저앉자 개미도 쿵, 하고 소리를 내며 바닥에 무너져 내렸다.

"후아……."

그제야 나오는 아영이의 한숨.

전투의 끝을 알리는 한숨이었다.

"괜찮니?"

한지원이 다가가 한 말에 아영은 천천히 그녀를 올려다보며 고개를 끄덕였다. 얼굴에는 개미가 흘린 체액이 덕지덕지 묻어 있었지만, 그래도 얼굴은 웃고 있었다. 개미를 잡았다는, 그것도 혼자 잡았다는 뿌듯함 때문인 것 같았다.

"언니, 안 되겠어요."

"응? 뭐가?"

"무기! 무기가 필요해요!"

안 된다더니 갑자기 또 무기가 필요하단다.

휙!

석영을 향해 고개를 돌린 아영.

그녀의 시선은 정확하게 석영의 손에 들린 활에 고정되기 시작했다. 석영은 그녀의 눈빛에서 여러 개의 감정을 느꼈다.

질투, 탐욕까지는 아니고, 부러움과 강력한 무기에 대한 갈망이 느껴졌다.

이해할 수 있다.

게임을 하는 유저라면 고등급, 고강화 아이템에 대한 욕심은 아주 지극히 당연한 일이니까. 그래서 게임 아이템을 억 이상 주고 사는 유저도 심심찮게 나오고, 재력을 겸비한 나이 많은 유저들을 란저씨, 란줌마라 부르는 신조어까지 탄생한 것이다.

아영은 고개를 흔들어 금세 눈빛에서 감정들을 털어냈다. 이어서 자리에서 일어나 사체들을 전부 수거했다. 사체 수거를 전부 한 셋은 옹기종기 모여 앉아 휴식을 취하기 시작했다.

"우와, 힘들다, 힘들어."

우르힌 마을 여관에서 잔뜩 사온 음식을 먹고 나서 아영이 입에서 나온 말이었다. 석영도 그 말에는 공감했다.

거대 개미는 단순히 생각할 게 아니었다. 석영이 원 샷, 원 킬을 할 수 있었던 것도 앞에서 아영이와 한지원이 탱커를 하며 막아줘서이지, 그게 아니었다면 몇 발 날리기도 전에 거대 개미가 석영의 육신을 물어뜯거나 찢어발겼을 것이다. 이놈들은 그만큼 빨랐다.

게다가 동굴형 맵이라 도망치는 것도 한계가 있었다. 그게 아니라면 그냥 벨 타든가. 솔직히 석영은 지금 같이 한 번 와 보기를 잘했다 생각하고 있었다.

이건 아영이란 발암 덩어리를 견뎌낼 만한 가치가 있다고 생각될 정도이니 말이다.

"아영아, 너 무기 몇 강이야?"

"지금요? 칠이요."

"칠? 흐음."

"왜요?"

"아니, 육에서 칠 띄우면 강도와 절삭력도 두 배로 뻥튀기되잖아. 근데도 안 썰리면 몇 강이어야 썰릴까 궁금해서."

"팔이면 되지 않을까요?"

"각질에 튕기는 걸 보면 안 될 것 같은데?"

"그래요? 오빠 생각은 어때요?"

아영이 석영에게 물어왔다.

석영의 생각을 솔직히 말하자면, 생각해 본 적 없음! 이라 할 수 있었다. 진짜로 석영은 생각해 본 적이 없었다. 타천 활은 못 맞히는 것만 아니면 다 뚫어버리니까.

"생각해 본 적이 없어서 모르겠는데."

"아… 맞다, 맞네. 오빠 무기면 그런 거 생각 안 할 만도 하지. 에휴, 부러워요! 진짜로! 참말로 부러워요! 나한테는 왜……!"

"……."

대답 대신 눈으로 한 번 눈치를 주니, 아영이 입을 쏙 다물었다. 그 모습에 한지원이 풋, 하고 작게 실소를 터뜨렸다. 석영이 그녀를 보자 한지원은 손을 휘이휘이 젓더니 천천히 그녀 특유의 나른한 목소리가 흘러나왔다.

"석영 씨 무기가 범상치 않다는 건 알고 있어요. 분명 범상치 않은 경로라는 것도. 하지만 그걸 말할 만큼 어리석진 않아요. 협박 같은 조잡한 수 말고, 이번처럼 진심으로 부탁하면 전장의 저격수의 조력을 기대할 수 있는데 왜 퍼뜨리겠어요?"

살짝 늘어지는 어조로 조곤조곤 나온 말에 석영은 고개를 끄덕였다. 그런 생각이라면 안심이었다. 그녀는 실력만큼이나 머리도 좋은 방향으로 잘 쓰는 것 같았다. 석영은 인벤토리에서 검 하나를 꺼냈다.

아니, 도끼였다.

고블린 부족장의 도끼.

원래는 전사 계열 무기라 석영이 양보했지만, 한지원의 양보로 다시 석영에게 온 아이템이다. 석영이 아이템을 꺼내자 두 사람의 눈빛이 반짝였다.

"오, 그건!"

"고블린 부족장의 도끼."

둘 다 한눈에 아이템을 알아봤다. 한지원이야 자신이 양보한 물건이니 잘 알고, 아영은 아마 오늘 아침 라니아 홈페이지에서 확인한 것 같았다.

근데 어떻게 알아봤을까?

쉽다. 고블린 부족장의 도끼는 한눈에 알아볼 외형을 지녔기 때문이다. 부족장의 도끼는 진짜 흉악하게 생겼다. 그 흉측한 부족장의 얼굴처럼 생겼으니 말이다.

그리고 손잡이 길이만 약 일 미터 정도이니, 날까지 합치면 일 미터하고 칠십 정도는 되는 굉장한 중장병기이다.

"들어봐."

"넵!"

석영은 선뜻 도끼를 건넸다.

그러자 아영은 번쩍 들어 올렸다.

"무게는?"

"오오! 딱 좋아요!"

후웅!

후우웅!

슬쩍 떨어져서 휙휙 휘두르는데, 공기가 찢어발겨지는 소리가 아주 살벌하게 울렸다. 이어 만족한 미소를 짓고는 석영을 쳐다보는 아영. 눈빛이 아주 반짝반짝한다. 하지만 말이다. 이 세상엔, 특히 게임은 공짜가 없는 법이다.

"종류별 주문서 오십 장."

"켁……"

석영도 마찬가지다.

아이템을 공짜로 준다?

그거야 저렙 장비라면 당연히 뿌릴 수 있다. 하지만 리얼 라니아에서 고블린 부족장의 도끼를 넘는 아이템은 아마 극소수일 것이다. 아니, 있기나 할까? 그런 아이템을 공짜로 준다? 어불성설이다. 특히 발암물질 김아영한테만큼은 말이다.

"비, 비싸요!"

"그럼 내놔."

안 사도 그만이다.

다른 사람한테 팔면 되니까.

그리고 지금 이걸 꺼내 든 이유는 파티의 사냥 속도를 생각한 효율 때문이지, 절대로 아영이가 좋아서가 아니었다.

석영의 냉정한 말에 아영이 고개를 푹 숙이며 손바닥을 쭉 내밀었다. 이대로 만약 아영이 도끼를 안 건네면? 바로 유저의 물건을 훔쳤다는 이유로 경비대에 고발할 수 있는 조건이 충족된다.

"아! 자, 잠깐!"

"오십 장씩. 흥정은 없다."

"아, 너무 비싸요! 오십 장씩이라니!"

십만이나 하는 주문서가 오십 장이면 오십 만이고, 그걸 세 번 곱하면 백오십 만이다. 절대 적은 가격이 아니었다. 게다가 현재 딱 두 개만 풀린 아이템이다. 석영이 하나, 오늘 학살이 하나.

아이템의 정보가 사라지면서 이제는 진짜 불친절함의 극치를 보여주지만, 그래도 이 도끼의 가치를 알고 있다.

아영은 도끼를 들고 벽으로 갔다. 그리고 나무를 치듯 있는 힘껏 후려쳤다.

푹!

"…으잉?"

생각지도 못한 상황이라, 멍청한 소리를 내는 아영이었다. 벽을 후려쳤는데 '깡, 파삭!' 이런 소리가 아닌 '푹!'이라니?

도끼가 그대로 벽을 두부 가르듯 뚫고 들어가며 난 소리다. 몇 번 위아래로 흔들자 고대로 쏙 빠져나왔다.

그 모습에 석영은 솔직히 어이가 없었다.

이유는 두 개다. 첫 번째는 당연히 도끼가 가지는 절삭력이다. 대체 왜 저리 날카롭지? 동굴 벽은 스펀지가 아닌 돌이다. 그것도 굉장히 단단한. 그걸 갈랐다. 저렇게 쉽게. 그래서 어이가 없었고.

두 번째는 아영이 때문이다.

엄밀히 말하자면 저건 석영의 아이템이다. 대가를 지불하지 않았으니 말이다. 그런데 그걸 벽에 후려쳤다. 그러다 이가 나가거나 파괴되면 어쩌려고? 그것도 생각지 않는 아영이의 무개념이 어이가 없었다.

"죄송해요, 저런 아이라. 나중에 교육시킬게요."

"……"

석영의 생각을 읽었는지 한지원이 조용히 사과를 해왔고,
석영은 그냥 말없이 고개만 끄덕였다.

아영은 이어서 대태도를 꺼내 벽을 후려쳤다.

깡!

"악!"

정상적인 소리가 나면서 아영이 도를 놓치고 주저앉았다.
그러더니 급히 물약을 꺼내 손바닥에 들이부었다.

딱 봐도 뭔 상황인지 알 수 있었다.

"손바닥 찢어졌네."

"그러게요. 이게 게임인지, 진짜 너무 리얼하게 구현해 놨네
요."

"게임이라 생각하십니까?"

"아닌가요?"

"......"

"......"

석영은 한지원의 물음에 답하지 않았다. 솔직히 자신도 확
신이 없기 때문이다. 그래서 다물었고, 한지원도 더 캐묻지 않
았다.

"살게요!"

다가온 아영이가 냉큼 말했다.

두 눈에는 이미 하트가 뿅뿅 떠오른 것 같은 환상이 보일

정도로 만족한 얼굴이었다.

"계약 성립."

"오케이요!"

이렇게 언어로 합의를 보는 순간, 반드시 줘야 한다. 안 주면? 경비대가 출동할 것이고, 어디에 숨든 무조건 찾아내 끌고 온다. 그 순간 아이템은 몰수당해 원래의 유저에게 돌아가게 된다.

만약 증발시키면?

유저의 입장에서는 진짜 끔찍한 상황이 벌어진다. 아이템의 가치와 고의성 등을 고려해 형량을 때리는데, 그게 기본 몇 년이고 벌써 감옥에 갇혀 썩는 유저가 수백이나 된다고 들었다.

이것도 속속들이 풀리는 정보들 중에 하나였다. 아영이라면 알 테니까 아마 사기를 치진 못할 거다.

아영은 도끼에다가 주문서를 쭉쭉 찢어 발랐다.

순식간에 +6까지 강화를 하고는 사랑스러운 눈빛으로 도끼를 바라봤다.

"칠까지 더 안 질러?"

흠칫!

칠이라는 소리에 아영이 떨리는 눈으로 지원을 바라봤다.

"지, 지를까요?"

마치 그래, 라는 말만 떨어지기를 바라는 눈동자였다.

"농담이었어. 일단 성능 확인부터 하자."

"넵!"

후웅! 후웅!

팔에 잡혀 붕붕 돌아가는 도끼만큼이나 힘찬 대답이었다.

"도끼 성능 시험도 할 겸, 더 사냥할까요?"

"저야 괜찮지만 체력 문제없겠습니까?"

석영이야 뒤에서 시위만 당겼다. 그의 포지션은 원거리 딜러다. 그것도 원 샷, 원 킬이 가능한 딜러다. 한 방에 체력 소모, 정신력 소모도 별로 없었다. 스킬도 몇 번 사용 안 했으니까.

하지만 한지원과 아영은 달랐다. 어제 상대한 거대 개미들이 파티로 셋, 오늘도 셋이다. 체력적으로 부담이 올 시간인 것이다.

"저야 괜찮아요. 아영아, 너는?"

"없던 힘도 나는 중입니다! 부족하면 엄마 찌찌 좀 더 먹고 올게요!"

"……."

뜬금없는 개드립에 석영의 인상이 찌푸려지려는 찰나, 아영이 다시 외쳤다.

"진짜로! 우리 사랑스러운 아가 때문에 힘이 쭉쭉 나요! 호랑이 기운이 진짜 솟아나는 중입니다!"

쪽쪽!

그러더니 도끼의 넓적한 면에다가 뽀뽀를 해대는 아영을 보며 한지원은 풋! 하고 웃었고, 석영은 고개를 절레절레 저었다.

"그럼 한 파티만 더 상대하는 걸로 합시다."

"네!"

"그래요."

석영이 사냥을 안 한다고 할까 봐 얼른 답하는 아영이었고, 한지원은 여전히 나른한 어조로 대답했다.

사냥 세팅을 하고 천천히 앞장서서 길을 열기 시작하는 아영. 한지원은 가장 후미를 맡았다. 석영은 남자임에도 중앙에 위치했다. 혹시 모를 기습에 대비하자는 한지원과 아영, 두 사람의 의견 때문이었다.

그리고 석영도 그 사실에 개의치 않았다.

남자면 어떻고, 여자면 어떤가?

중요한 건 사냥이다. 각자의 능력에 맞게 포지션을 짜고 진형을 짜는 건 기본 중에 기본이다.

십 분 정도 전진했을까?

—끼익! 끼에엑!

거대 개미의 울음소리가 들렸다. 아영이 손을 뒤로 내밀어 정지 신호를 보냈는데, 그 이전에 이미 다들 울음소리를 듣고 멈춰 섰다.

한지원이 앞으로 나와 조용히 전진했다. 발걸음 소리도 없이 움직이는 한지원의 모습은 이제 익숙하다.

만약 은신 같은 스킬이 있고, 그걸 익히면?

최강의 암살자가 탄생할 거라 석영은 예상했다.

한참을 전진했다 돌아온 한지원이 손가락 열 개를 펼쳐 보였다. 거대 병정 열 마리 파티. 셋은 작은 목소리로 빠르게 의견을 교환했다.

사냥?

아니면.

후퇴?

답은 만장일치로 사냥으로 떴고, 다시 한번 재점검 후, 아영이 '이야야… 가속!'이라는 우렁찬 기합과 함께 달려갔다.

―끼에엑……!

가장 먼저 반응해 달려오는 개미의 공격을 막아낸 후, 서걱! 그대로 각질째 썰어버렸다.

―끼이익!

"오!"

거대 개미의 울부짖는 소리에 아영은 전에 없이 환한 미소를 짓기 시작했다.

깡! 그극!

이어진 이빨 공격도 이번엔 제대로 흘리고, 발이 잘려 균형이 맞지 않아 주저앉는 개미의 정수리에 그대로 부족장의 도끼를 내려쳤다.

푹!

여지없었다.

바위를 가르고 들어갔듯이, 거대 개미의 두꺼운 각질로 덮여 있는 대가리도 그대로 갈라 버렸다.

하지만 더 놀라운 장면이 있었다.

"은신."

한지원의 모습이 그 말과 함께 사라졌다.

'허……'

석영 스스로가 좀 전에 생각했다. 은신만 배우면 진짜 최강의 암살자가 등장하겠다고. 그런데 그 말을 한 지 대체 얼마나 지났다고 떡하니 은신을 사용하는 한지원이다.

은신의 효과는 놀라웠다. 아영이의 뒤에 있던 한지원의 모습이 정수리부터 발끝까지 빠르게 스르륵 사라졌다. 마치 모습을 지워내는 것 같았다.

석영은 타깃팅을 끝내고 시위를 놓는 것도 잊은 채 한지원의 모습을 찾았다. 하지만 어디에도 보이질 않았다. 눈알을 아무리 데굴데굴 굴려 찾아도 그녀의 모습은 석영의 시선에 잡히지 않았다.

'은신이 이 정도인가?'

라니아는 스킬의 유무가 굉장히 중요하다. 게임으로 따지면 아직 서버 초기라 할 수 있는 지금, 파티를 구할 때 가장 먼저 확인하는 게 바로 스킬의 유무와 스킬의 개수다. 이건 정말 절대적이다.

말했듯이 투 스킬 마스터가 굉장히 귀한 지금, 한지원은 이미 가속과 은신을 익혔다. 그와 반대로 아영이는 가속 하나밖에 익히지 못했고.

그 차이는 어마어마하다, 정말.

'그런데 왜 지금까지 사용하지 않은 거지? 아니, 은신이 있으면 굳이 내가 필요 없었을 텐데⋯⋯? 지금처럼⋯⋯.'

스윽.

유령처럼 한지원이 가장 후미에 있던 개미의 머리에 나타났다.

푹! 그그극!

나타난 그녀는 바로 취약한 부위에 검을 찔러 넣고, 마구 휘저어 관절을 강제로 끊어냈다.

─끼에에에엑!

개미의 처절한 비명이 울렸지만 인정사정없이 톱질하듯 찢어발겼다.

'저렇게 그냥 숨었다가 슥 나타나 썰어버리면 되잖아?'

투웅⋯⋯!

그 순간 석영도 아영에게 달려드는 개미 한 마리의 관자놀이를 노리고 시위를 놓았다.

슈아악!

공기를 찢고 날아간 무형 화살이 그대로 개미의 관자놀이에 명중하였고, 화살은 무시무시한 회전으로 각질을 그대로 뚫고 들어가 버렸다.

끼엑! 하는 짧은 비명을 끝으로 개미는 그대로 머리부터 바닥에 처박혔다.

"이크!"

자신을 덮쳐오는 개미의 시체를 피하며 신음과 함께 아영이 빽 소리쳤다.

"아, 오빠! 좀 잘… 악!"

깡! 까가강!

정신이 있는 건지, 없는 건지 참 궁금할 지경이다. 전투 중에 저리 소리를 친다. 진짜 석영이라면 꿈도 못 꿀 일이었다.

"집중!"

"악……! 넵!"

석영의 외침에 아영이 즉각 대답하고 탱킹에만 집중하기 시작했다. 아영은 확실히 이쪽에 재능이 있었다. 집중하기 시작한 아영은 제대로 막아내고 흘려냈다. 도끼와 방패를 이용한 완벽한 방어다.

게다가 순간순간 공격을 가함으로써 어그로도 제대로 끌고 있었다. 좁은 동굴이 거대 개미 두 마리로는 아영이의 방어를 뚫지 못했다.

—끼에엑······.

저 뒤쪽에서 개미의 단말마의 비명이 들려왔다. 어느새 한 지원이 또 한 마리를 죽이며 난 소리였다. 지원은 이제 말이 필요 없었다. 아예 신경을 끄기로 한 석영은 뒤로 한 발자국 물러나, 어느새 당겨놓은 시위를 놓았다.

투웅!

퍼걱!

"나이스!"

앞에 있던 놈이 고꾸라지자 어그로가 석영에게 훅 튀었지만 어느새 아영이 날렵하게 몸을 움직여 한 놈씩 후려쳐서 어그로를 잡아끌었다.

그 순간 석영은 다시 시위를 당겼다. 솔직히 인정하긴 싫지만 아영과의 호흡은 정말 나쁘지 않았다. 그녀는 알아서 석영이 타깃팅을 할 시간을 제대로 벌어줬고, 그 시간만큼은 절대로 석영에게 공격 가는 일이 없게 버텼다.

흡사 철벽이 버티고 서 있는 것처럼 집중할 때의 아영은 듬직했고 센스가 넘쳤다.

'본능이 더 믿음직한 아이러니함이라니.'

평소에는 덜렁거리면서 집중할 때 본능이 나오면 그렇게 듬직하다. 웃기지만 사실이었다.

투웅!

세 번째 화살이 발사됐다. 그리고 이번에도 여지없이 아영에게 정신이 팔린 개미의 대가리를 뚫어버렸다.

화력만큼은 진짜 끝내주는 타천 활이다 보니 사냥은 벌써 슬금슬금 끝낼 기미를 보이고 있었다.

—끼엑!

또다시 후미에서 개미 한 마리가 저승으로 가는 단말마의 비명을 남겼다. 한지원도 벌써 세 마리째다.

진짜 말이 안 나오는 강함이다.

석영이 타천 활로 세 마리잰데, 그에 비하면 아예 고철 검이라 할 수 있는 무기로 세 마리나 썰어버린 거다.

이는 석영이 속사를 할 수 없어서였다.

타깃팅은 확실하지만 아영이의 움직임을 읽어야 했다. 재수 없게 서로 간에 호흡이 안 맞으면 피하거나 막으면서 튕겨 나간 아영이 맞는다. 그것도 등짝이나 뒤통수에.

살 수 있을까? 아니, 한지원이라도 한 방에 사망할 게 분명했다. 그래서 속사가 불가능하다. 그만큼 석영에게 파티 플레이는 그 장점과 단점이 극명하게 갈린다.

장점은 든든한 보디가드, 단점은 빠른 사냥 불가, 이렇게.

'하지만 진짜 말도 안 되는 속도네……'

투웅!

시위를 놓으며 석영이 한 생각이었다.

퍼걱!

다시 한 마리의 대가리가 터져 나갔다. 사냥 속도는 나쁘지 않은 편이다. 아니, 리얼 라니아라는 걸 생각하면 무지막지하게 빠른 편이다. 그 어떤 파티도 개미굴에서 이 정도 속도로 사냥하긴 힘들 것이다. 있다면 분명 그 파티는 한지원 정도가 둘은 포함된 파티일 거다.

하지만 한지원 같은 존재가 수두룩하게 존재할까? 그리고 그 존재와 이렇게 게임 초기에 운! 좋! 게! 만나서 파티를 맺을 수 있을까? 석영은 절대로 아닐 거라고 봤다. 확률적으로 봐도 그건 너무나 낮았다.

하지만 그 낮은 확률에서 한지원과 석영이 만났다.

그러니 이런 가공할 사냥 속도가 나오고 있는 거다.

―끼엑!

또다시 소리가 들려오고 둘이 사이좋게 네 마리씩, 아영이 한 마리를 정리하며 사냥은 거의 끝을 향해 달려갔다.

"으차!"

푹!

부족장의 도끼가 개미의 정수리에 박히는 걸로 정리가 끝났다.

"후우……."

활을 내려놓은 석영은 짧게 한숨을 내쉬었다. 아무리 정리가 빨리 끝나고 쉬웠다 하더라도 심력은 소모되었다.

더블 샷을 쓰지 않아도 전투 자체에 심력이 소모된다는 소리다. 그리고 이는 당연한 일이다. 어찌 됐든, 매 순간 긴장감을 유지해야 하니 말이다.

"수고했어요."

"수고들 했습니다."

"언니 오빠 고생들!"

짧게 전투가 끝난 후 셋은 서로를 치하했고, 다시 사체를 정리한 다음, 한 곳에 모였다. 논 피케이 존은 던전에서도 사용이 불가능해 모닥불이란 아이템만 꺼내 불을 지핀 후 물로 목을 축였다.

"지원 씨."

"네?"

"한 가지 궁금한 게 있습니다."

"네."

"투 스킬 마스터셨습니까?"

"아… 네. 미안해요, 말 안 해서."

"음……."

석영은 이전에 했던 한지원의 말이 의심스러워졌다. 두 마리 정도는 상대가 가능하지만, 확실히 끝장낼 수단이 없다고 했다. 하지만 지금 보니 그건 전부 거짓말이었다.

'수단이 없었다고? 그래서 내 화력이 필요했다고?'

개소리…….

좀 전의 능력이라면 아영이가 그냥 탱킹만 하고, 한지원은 은신으로 혼자 다 썰어버리는 심플한 작전으로만 갔어도 개미굴은 충분히 정리가 가능했을 것이다. 아니, 보스는 모르겠지만 지금처럼 이런 개미들만 상대했으면 충분할 거다.

"제게 파티 제안을 한 진짜 이유가 뭡니까?"

"네?"

"아니, 아무리 봐도 이놈들은 지원 씨 혼자 정리가 가능할 것 같아서요."

"……."

지원이 고개를 갸웃거렸다.

흔히 이해를 못 했을 때 나오는 제스처. 하지만 그 행동에 석영은 눈살을 미미하게 찌푸릴 뿐이었다. 아웃사이더의 기본 성향 중 하나인 의심. 그게 고개를 치켜든 것이다.

혹시 내게 의도를 갖고 접근한 건가?

활을 노리고?

아영이가 발설했나?

아니면 또 다른 이유?

보스는 못 잡나?

의심과 의심이 꼬리를 물며 석영의 뇌리를 가득 메웠다.

"아따, 이 오빠. 역시 의심병 하나는 끝내준다니까? 라니아에서는 안 이랬는데, 여서는 왜 이러신댜?"

어디 사투리인지도 모를 말투로 혀를 차며 나온 아영의 말에 석영의 시선이 아영에게 갔다. 그러자 이번엔 제법 친절한 어조로 다시 찬찬히 설명을 시작했다.

"오빠, 지금까지 우리가 잡은 건?"

"뭐 하자는 거냐?"

"아, 대답하다 보면 답 나올 거예요. 장담합니다! 그러니까 대답! 지금 우리가 잡은 몬스터 이름은?"

"……."

대답하다 보면 답이 나온다?

석영은 잠시 생각한 뒤에 손해 볼 건 없다는 마음에 입을 열었다.

"거대 개미."

"그럼 이놈의 상위 몹은?"

"거대 병정… 아."

"눈치챘죠? 우리도 이 애들은 대여섯 마리짜리만 골라서 전부 깼어요. 진짜는 거대 병정개미, 그놈이에요. 이놈은 못해도 두 배 이상 힘들어요. 언니 무기로 관절 부분엔 진짜 생채기만 내는 수준이니까."

"흐음……."

석영은 잠깐 라니아를 생각했다.

라니아 초기에 나오는 사막의 개미굴.

이때 거대 개미와 거대 병정개미, 이렇게 나왔다. 각종 주문서와 가속 물약, 그리고 마법의 투구와 속성별 하급 보석이 떨어진다. 강화 주문서는 안 떨구지만 잡템만 주워 처분해도 제법 쏠쏠하다.

물론 인기 있었던 이유는 제법 경험치를 준다는 점이다. 그래서 당시에도 국민 셋도 못 장만한 라이트 유저라면 보통 여기서 죽치고 레벨 업을 하고, 잡템을 모아 장비를 맞추곤 했다.

여기서 중요한 건 난이도다.

거대 개미는 그야말로 껌이다.

몇 방 툭툭 치면 죽는 수준이다.

그럼 줄여서 거병이라 불리는 놈은?

이놈은 거대 개미에 비해 체감상 열 배는 세게 느껴지는 놈이다. 속도는 같은데, 피통과 공속이 거대 개미는 게임도 안 되게 높은 놈이다.

콱콱거리면서 깨무는데 제대로 박히기 시작하면 이때는 국민 셋을 차도 피통이 쭉쭉 빠져나간다.

이런 차이가 여기도 적용됐다면?

그럼 이건 절대로 그냥 넘어갈 말이 아니었다.

"한 마리도 못 잡았어?"

"네, 한 마리도. 이놈들 등장할 때 세 마리씩 나오는데, 진짜 겨우 견디기만 하다 귀환 탔거든요."

"근데 왜 여태껏 못 만났지? 지금까지 다 거대 개미만 나오던데."

"모르겠어요. 되게 늦게 나올 때도 있고, 갑자기 던전 시작부터 뜰 때도 있고 막 그래요."

"리젠 타이밍도, 분포 지역도 전부 랜덤이다?"

"네, 지금까지 본 바로는요."

"골치 아프네."

"많이 아프죠."

이렇다면 거짓말한 건 없다. 그렇다고 전부 풀린 건 아니라 뭔가 찝찝한 기분은 남아 있지만, 이미 마음먹은 상태였다. 이 던전에 대한 모든 것을 조사하기로. 그런 다음 솔플에 나설 생각이었다.

'거대 병정개미가 세 마리씩 뭉쳐 나온다… 붙어는 봐야 해. 이놈들에게 타천 활이 어디까지 먹히나, 이게 제일 중요하니까.'

후우.

"그만할까요?"

"네?"

"석영 씨 표정 보니까 별로 안 좋아 보여요. 그리고 저도 기분 별로 안 좋고."

"아, 미안합니다. 괜한 의심을 해서."

"네, 받아들일게요."

석영의 사과를 지원은 깔끔히 받아들였다. 그럴 수도 있겠다고 그녀도 스스로 생각해 봤을 때 답으로 나왔기 때문이다. 지원의 반응에 석영은 살짝 고개를 한 번 더 숙여 사과를 마무리했고, 다시 입을 열었다.

"사냥은 한 타임 더 갔으면 좋겠습니다. 그 거대 병정개미… 한번 봐야 할 것 같습니다."

"역시… 그래요, 저는 뭐 체력적으로 별로 문제도 없으니까. 아영아, 너는?"

"저한테 콜 냄새 풀풀 나지 않아요?"

픕.

"그런 냄새도 있니?"

"그럼요! 나만이 가진! 내게만 나는 스멜!"

"뭐니, 그게. 후후!"

"에헤헤, 기분이 좀 다운된 것처럼 보여서 재롱 좀 떨어 봤……."

쿠구궁!

아영이 말을 끝내려는 무렵, 갑자기 바닥이랑 천장이 미세하게 진동하며 울기 시작했다.

구궁! 구구구궁!

세 번의 진동이 있고 난 다음, 석영은 뭐가 뭔지 몰라 아영을 보니 아영은 씩 웃고 있었다.

"호랑이도 제 말 하면 온다더니."

"누가 아니라니?"

히죽.

아영과 한지원이 웃는 모습에 석영은 아하, 하고 속으로 탄성을 흘렸다. 저 웃음이 뜻하는 바는 명확했다.

'이펙트가 있는 등장이라⋯⋯.'

아하.

초기 개미굴에는 거대 여왕개미가 없었지?

그렇다면⋯⋯.

'던전 보스라는 소리네?'

씨익.

그걸 알아챈 석영의 입꼬리도 슬그머니 찢어지기 시작했다.

"어⋯⋯?"

석영은 순간 웃음 대신, 탄성을 흘렸다.

던전이, 동굴의 폭이 넓어지고 있었다. 거대 개미도 두 마리 이상은 못 다가오게 했던 동굴 형태가 점점 넓어지더니, 거대 개미 열 마리는 거뜬히 달려들 만한 크기로 변했다.

"어이없죠?"

"……."

―끼기긱!

울음소리와 함께 저 멀리 어둠 너머에서 붉은 안광 세 쌍이 번쩍 켜졌다.

―끽! 끼긱!

울음과 동시에 어둠 속에서 모습을 드러내는 거대 병정개미. 살벌한 외형이다.

거대 병정개미를 한마디로 표현하자면 딱 그 말이 어울렸다. 실제 개미의 모습을 거의 수백수천 배 이상 부풀려 놓은 것 같은 외형이다. 특히 마치 사슴벌레의 뿔처럼 난 이빨은 엄청나게 살벌했다. 덩치도 성인 사내보다 못해도 서너 배는 컸다.

―끼긱, 끼기긱.

이빨이 움직이면서 나는 소리도 소름이 끼쳤다.

그런 놈이 무려 세 마리나 나타났다.

하지만 이놈의 멘탈 보정은 도망보다도 전투 쪽으로 정신을 몰아갔다. 아무 말 없이 시위를 당긴 석영은 곧바로 거대 병정개미를 노리고 쐈다.

투웅……!

예외 없이 울리는 둔중한 시위 튕기는 소리.

쇄애애액!

동굴의 은은한 어둠을 가린 무형 화살은 퍽! 소리를 내며 바닥에 박혔다.

"얼씨구……?"

어이없는 한마디가 석영의 입에서 흘러나왔다. 피해 버린 거다.

─끼릭!

울음을 토해내더니 그대로 잽싸게 옆으로 물러나 화살을 피했다. 이게 문제다. 제아무리 타천 활이 사기급 무기라 하더라도 맞춰야만 된다.

그래야 대미지를 주는 법이다.

석영은 본능적으로 이놈들, 쉽지 않겠다고 생각했다.

"어때? 빠르기도 지랄 나게 빠르지?"

"그러게."

아영의 말에 석영은 수긍했다.

무형 화살은 눈으로 좇을 수 없을 정도로 빠르다. 그런 걸 감각만으로 피해내는 놈이다. 그게 가능한가? 라고 묻는다면, 거대 병정개미가 피했으니 가능하다고밖에 할 말이 없었다.

─끼긱, 끼기긱.

이상한 울음을 토해내며 세 마리가 천천히 석영과 아영, 그리고 한지원에게 다가왔다. 이놈들은 신중했다. 눈동자로 보이는 붉은 안광을 토해내며 넓어진 던전에서 포위하듯이 진형을 짜며 천천히 다가오고 있었다.

"막을 수 있겠어?"

석영이 조용히 아영에게 물었고, 아영은 천천히 고개를 끄덕였다.

"안 돼도 저 시끼들 잡으려면 막아봐야죠. 오빠만 믿어요."

긴장했는지 장난기라고는 조금도 찾아볼 수 없는 목소리로 아영은 대답했고, 방패와 도끼를 천천히 들어 올려 전방으로 세웠다. 석영은 조용히 한지원을 바라봤다.

"내가 두 놈 맡을게."

"네, 언니."

"석영 씨는 제가 있는 쪽의 놈부터 하나만 저격 부탁해요. 한 놈만 잡으면 저것들 잡을 수 있을 것 같으니까."

"……."

석영은 말없이 고개를 끄덕였다.

포인트는 딱 하나다.

석영의 타천 활이 박히느냐, 안 박히느냐. 만약 안 박히면 아마 힘겨운 전투가 될 거다. 아니, 사냥 불가능으로 마을로 튀는 게 답이다.

끼익!

5미터 앞까지 다가온 거대 병정개미가 입을 쩍 벌리며 포효

했다. 주르륵 하얀 분비물이 뚝뚝 떨어지는데, 보기만 해도 구역질이 날 모습이다.

"투웅!

그리고 그 순간을 노리고 석영이 바로 저격했지만, 거대 병정개미는 이번에도 잽싸게 피해냈다.

이걸 반사 신경이라 해야 하나? 아니면 다른 뭔가가 있나. 어쨌든 기가 막힌 회피다.

"가속."

"가속."

이미 가속 물약을 2단계까지 쭉 들이켠 둘이고, 이어 스킬을 발동시키고는 천천히 석영의 앞을 막아섰다.

딜은 석영의 몫이니 반드시 지켜야만 했다.

―끼익!

―끼기기긱!

위협하듯 주둥이를 벌려 울음을 토해내는 개미들에게 한지원이 득달같이 내달렸다. 은신은 쓰지 않은 채 그대로 달린 한지원은 갈고리처럼 생긴 앞발을 피한 뒤 그대로 머리통에 검을 찔러 넣었다.

깡!

그리고 불꽃을 일으키며 튕겨 나온 칼.

퉁!

그 순간을 노리고 석영이 다시 화살을 쐈지만 개미는 이번에도 피해 버렸다. 그게 또 석영을 어이없게 했다.

"아따……."

빠르다.

이놈들, 이곳 던전의 보스급이 맞는지 진짜 기가 막히게 빨랐다. 2단 가속 물약에, 가속 스킬까지 쓴 한지원이나 아영이의 속도에 버금갈 정도다.

하지만 이성은 없고 본능에 대한 공격법밖에 남아 있지 않아 공격은 착실하게 막아냈다. 물론, 그것만으로도 충분히 위험하다.

까앙!

까강!

"윽!"

아영은 방패를 앞세워 공격을 막았지만, 상체가 계속해서 휘청거렸다. 육체 강화를 했음에도 그 힘을 넘어서는 충격이 들어왔기 때문이다.

"오빠!"

"버텨!"

"힘들다고!"

"버티라고!"

쉭!

서걱!

"악!"

그 순간 틈을 노리고 휘둘러진 낫 같은 앞발이 아영이의 어깨를 베고 지나갔다. 붉은 선혈이 즉각 솟구쳤다.

투웅……!

서걱!

그 틈을 타서 석영도 공격했지만 아깝게도 몸통 쪽을 스쳐지나가 버렸다. 그 짧은 틈에 몸을 굴려 피하는 걸 보고 석영은 이놈들 진짜 징하다고 생각했다.

"감각이 무시무시한가 보네……."

석영은 개미에 대해 잘 모른다.

그래서 직격타를 노리기만 했다.

"아, 씁!"

석영의 공격으로 잠시 틈이 난 아영은 바로 인벤토리에서 물약을 꺼내 벌컥 반을 마시고, 반은 어깨에 쏟아붓고는 다시금 방패를 앞세워 들고 힘차게 달려들었다.

쉬익!

이번엔 선공이었다. 하지만 석영의 공격도 피하는 놈이 아영의 공격에 맞을 리가 없었다.

개미는 아주 쉽게 피하고는 끼익, 끼긱거리면서 조금씩 틈을 벌렸다. 공격성에 조심성까지 겸비했다. 본능을 따라 무작정 달려들기만 할 줄 알았는데 그것도 아니었다.

"아오! 이 개미 새끼들, 진짜!"

그런 행동에 열이 받았는지 아영이 분통을 터뜨렸다.

끼릭, 끼리릭.

한지원이 상대하던 개미도 뒤로 물러났다. 그에 잠깐 고개를 갸웃하던 석영은 이게 지금 무슨 일인가 싶었다.

몬스터가 뒤로 물러난다고? 이 무슨 말도 안 되는 소리란 말인가. 한지원도, 아영이도 뒤로 물러나는 개미를 멍한 눈빛으로 바라봤다.

"이게 뭔 일이야……?"

어이가 없다는 듯이 나온 아영이의 말에 석영도, 한지원도 고개를 끄덕여 공감했다. 개미가 물러난다. 거대 병정개미, 이던전의 보스라 생각되는 놈들이 지금 슬금슬금 도망치고 있었다.

"설마 석영 씨 공격에 한 대 맞았다고 저러는 건가요?"

석영의 마지막 공격.

그 공격은 스쳤지만 갑주의 외피는 확실하게 찢었다.

그래서 겁먹었다? 에이, 설마…….

"엥? 설마요? 한 대 맞았으면 더 날뛰어야 정상 아니에요?"

아영이의 말에 이번만큼은 공감한다.

이성이 없어야 정상… 이 아니다.

석영은 고블린 부족장을 생각해 냈다.

"설마 저것들, 지능이 있는 건가요?"

한지원도 같은 생각이었는지 불쑥 고개를 돌려 석영을 보며 물었다.

"고블린 부족장을 생각하면 없다고 말할 수도 없습니다."

"하지만……."

"사고 기능이 있는 것 같지는 않고, 본능적으로 제 화살에 두려움을 느낀 게 아닌가 싶은데……."

"아… 골 때리네요."

한지원도 헛웃음을 흘리고 말았다.

종종 뒤로 물러나 한지원의 옆으로 간 아영이 다시 고개를 갸웃거렸다.

"그래도… 제대로 붙지도 않았는데요? 그냥 스쳤는데 도망치는 건 좀… 혹시 오빠 무기 때문에 그런 거 아니에요?"

"내 무기? 아……."

석영의 무기는 타락 천사의 활.

라니아 내에서는 최강이자 최악의 무기다. 아이템 설명에 타락 천사 루시퍼보다 낮은 단계의 몬스터에게는 모두 추가 타격, 혹은 공포 등을 느끼게 한다는 설명이 붙어 있었다.

석영이 수긍했지만 한지원은 부정적이었다.

"어떤 무기인지 대충 예상은 가요. 외형만 봐도 특별한 무기니까. 근데… 그렇다면 여태껏 석영 씨의 무기에 당한 것들은 전부 도망쳤어야 해요. 특히 고블린 부족장은 몇 번이나 명중시켰잖아요."

"아, 맞다."

아영은 또 줏대 없이 한지원의 말에 냉큼 고개를 끄덕였다. 확실히 일리가 있는 말이었다. 고블린 부족장은 석영의 무기에 맞고도 물러나지 않았다. 오크들도 마찬가지였다.

'아니지, 오크는 전부 한 방에 보냈으니까.'

그렇다면 대체 뭘까……?

석영은 번뜩 스쳐가는 생각이 있었다.

"설마… 업데이트?"

"네?"

"리얼 라니아가 또 스스로 업데이트한 게 아닐까?"

"아아, 맞다. 그게 있었지. 이번 업데이트 내용은 무기 상성, 뭐 이런 걸로요?"

"그래. 그럼 말이 돼. 어차피 업데이트는 아무도 모르는 사이에 이루어지잖아."

"으음, 하필 타이밍 좋게 지금 딱 업데이트가 끝났다, 뭐 이런 거란 소리죠?"

"그렇지."

"오, 일리 있어, 일리가 확실히 있어요!"

아영은 수긍했다.

한지원을 보니 그녀도 고개를 주억거리고 있었다. 언제 어느 순간에 이루어지는지 아무도 모르는 게 바로 업데이트이다. 그냥 어느 순간 변해 있다.

눈으로 주시하고 있다 보면 그냥 어느 순간 훅, 하고 건물의 외형이 변하고, 이런 게 아니다. 건물로 따지면 증축 과정을 실제로 거친다.

하지만 이런 세계관이나 설정 같은 건 어느 순간 순식간에 획, 하고 변하는 게 리얼 라니아의 업데이트다.

"골 때리네요. 그럼 석영 씨 사냥은 이제 굉장히 곤란해지겠어요."

"아……."

한지원의 말에 석영은 아차 하는 기분이 됐다. 만약 지금 생각한 가설이 맞는다면 앞으로 석영의 무기만 봐도 몬스터가 공포에 빠져 도망치는 일이 벌어질 수도 있었다. 이건 솔직히 말해 굉장히 껄끄러운 상황이다.

추가 타격이 문제가 아니란 소리다.

'더럽게 꼬이네, 진짜…….'

일단은 확인해 봐야 할 것 같았다.

"마을로 돌아가죠?"

"그래요, 이제 와서 쫓아가 사냥하려니 흥도 안 나네요."

"음음!"

의견이 모이자 셋은 바로 주문서를 꺼내 찢었다. 새하얀빛이 뿜어지며 세상이 혹 변했다.

아직은 한가한 우르힌 마을 광장에 도착한 석영은 살짝 몰려오는 어지러움을 고개를 흔들어 털어냈다.

"정산할까요?"

이후 정확히 4 대 3 대 3으로 정산을 끝내고는 석영은 바로 마을 밖으로 나갔다. 정신적인 피로가 몰려왔지만 확인해야 할 게 있었다.

우르힌 마을 근처에는 오크도 없었다. 이유야 아주 간단하다. 마을 경비병이 근처만 와도 싹 죽여 버리기 때문이다. 그러니 못해도 한 시간 이상을 걸어야 했다.

해가 이미 지기 시작했지만 멈출 수는 없었다. 빠른 걸음으로 사방을 경계하며 이동한 석영은 거의 한 시간 반이 지나서야 오크 무리를 발견할 수 있었다.

이상한 콧소리를 내며 사슴 같은 동물을 옹기종기 모여 앉아 뜯어 먹고 있는 놈들 중 하나를 향해 시위를 당기고, 바로 놨다.

투웅⋯⋯!

퍼걱!

대가리가 터져 나가는 순간, 석영은 귀환 주문서를 꺼냈다.

달려들면 바로 도망치려고. 그리고 제발 달려들길 바랐지만, 바람대로 이루어지지 않았다. 순간 흠칫하더니, 이내 석영을 등지고 전부 달아나기 시작했다.

"아… 이런 씨발……."

욕이 진짜 절로 나왔다.

episode 14
몬스터 소환|

접속을 끊고 밖으로 나온 석영은 바로 담배부터 입에 물었다.

"후우, 후우우."

담배 연기가 폐부 가득 들어왔다 다시 나가 흩어졌지만 이미 올라온 짜증은 가시질 않았다. 안 그래도 솔플에 한계를 조금씩 느끼고 있었는데, 업데이트가 이딴 식으로 빅 엿을 선사해 줄 것이라고는 진짜 생각도 못 했다.

"썅… 너프 제대로 먹었네."

그것도 수많은 유저 중에 자신 혼자만 먹었다.

물론, 혹시 또 모른다.

버그 사용자가 자신 혼자가 아닐지도.

하지만 다른 사람이 너프를 맞든 안 맞든 그건 자신과 아무런 상관도 없다고 생각하는 석영이었다. 중요한 건 자신이 맞았다는 사실이니까.

후우…….

담배를 금세 하나 다 피운 석영은 다시 하나를 꺼내 물었다. 운동을 시작하며 끊은 담배지만 지금은 짜증이 나서 정말 견딜 수가 없었다.

'이건, 타천 활의 장점이 사라졌다고 봐도 무방해…….'

사냥?

한 놈 쏴 죽이는 순간 죄다 튈 거다. 그렇게 무식하던 오크 놈들도 튀었다. 게다가 오크보다 상의 몹일지 모르는 거대 병정개미도 도망쳤다. 이런 판에 대체 무슨 사냥을 할까? 그만큼 치명적인 너프였다.

그렇다고 이걸 어디다가 하소연할 곳도 없었다.

라니아 홈피?

현피당하기 딱 좋다.

그럼 라니아 당사?

리얼 라니아는 게임이 아니라는 소리가 속속들이 나온다. 가상현실? 가상현실에서 피가 튀고 살이 튀게 만들려면 아직 현재의 기술력으로는 부족해도 너무 부족하다. 부활 시스템이 의문이긴 하지만, 리얼 라니아는 또 다른 세계다. 그런 판국에 라니아사에 문의를 넣는 건 등신도 안 할 짓이다.

"미치겠네……."

담배를 비벼 끈 석영은 자리에서 일어났다. 아무리 생각해 봐도 방법이 없었다. 근데 그렇다고 가만히 있을 수도 없었다. 방법을 찾긴 찾아야 사냥을 할 테니까. 집 안으로 들어간 석영은 일단 저녁부터 해결했다.

라면에 햇반 하나를 후룩 말아 먹고는, 씻고 컴퓨터 앞에 앉았다. 혹시 모르지만 일단은 살펴볼 생각이다.

혹시나 하고 살펴봤지만, 역시나 도움이 될 만한 정보는 하나도 없었다. 게시판의 삼분의 이 이상은 그냥 개소리들이고, 나머지나 리얼 라니아 플레이에 도움이 좀 될 정보였다.

그냥 습관처럼 새로 고침을 누른 석영은 작게 탄성을 흘렸다.

"오, 정의 길드도 잡았네."

정의 혈에서 고블린 부족장을 잡았다는 공지가 올라와 있었다. 학살과는 다르게 사냥 멤버, 사냥 작전, 전개 등등이 상세히 적혀 있었다. 또한 반드시 필요한 스킬과 무기 등도 있었다.

석영은 글을 읽으면서 고개를 주억거렸다. 잡을 만하다 느껴기 때문이었다. 상당히 긴 글을 다 읽고, 컴퓨터를 끄려던 석영은 순간 멈칫했다.

테스트 종료

소환 타이머 가동

소환 구역 동북아시아

"…뭐?"

멍청한 소리를 낸 석영은 급히 주변을 둘러봤다. 분명 소리를 들었기 때문이다. 하지만 노래도 틀어놓지 않은 컴퓨터이고, 사방은 고요하기만 했다.

"분명… 들었는데?"

분명 세 번에 걸쳐서 소리를 들었다. 폰도 살펴보고, 집 안 곳곳을 살피던 석영은 웅웅, 하고 울리는 폰을 내려다봤다. 발신자 김아영. 받을까 말까 고민하던 석영은 통화 버튼을 눌렀다. 확인할 게 있었다.

─오빠! 들었어요? 들었어?

"뭘?"

─테스트 종료! 타이머 가동! 소환 구역 랜덤! 이거 머릿속에서 울렸는데 오빠도 들었어요?

"너도 들었어?"

─네! 머릿속에 웅웅! 하고 울렸다니까요?

"아……."

머릿속으로 울린 거구나.

—오빠? 소환이 뭘 말하는 걸까요?

"후우… 하나밖에 더 있겠냐?"

석영은 빠르게 뭐가 소환될지 감을 잡았다. 그 세 문장에서 유추할 수 있는 건 딱 두 개인데, 하나는 너무 현실성이 없으니 남은 건 몬스터다. 방으로 돌아온 석영은 바로 F5, 새로 고침 버튼을 눌렀다.

그러자 주르륵 발작하듯 글이 올라왔다.

—대박! 몬스터 소환? 현실에서?

"대박은 무슨… 이게 재미있어 보이냐? 어디에 소환되든 사망자가 나올 텐데?"

—아… 맞다. 오빠, 잠깐만! 지원 언니한테 전화 와요! 이따 다시 연락할게요!

"그래."

뚝.

전화를 끊은 석영은 바로 글들을 확인했다.

"역시……."

자신이나 아영이뿐만이 아닌, 모든 유저의 머릿속에 울렸나 보다. 마치 공지처럼. 게다가 강제성까지 띠고 있다.

내용은 다들 뭐가 소환되는지에 몰려 있었는데, 석영은 감이 왔다.

"고블린 부족장이 세 번 잡히니까 공지가 떴어. 그렇다면 소환되는 몹은 당연히 고블린 부족장이겠지."

끄응.

고블린 부족장.

자신과 한지원.

그리고 학살과 정의 혈맹이 잡았다.

"일반 유저들은 못 당할 텐데……."

이놈은 강하다.

자신과 한지원이 잡을 때도 무지막지했지만, 한 번 잡히고 나서는 진화를 해서 더욱 까다로워졌다. 대지 강타는 거의 모든 도전자에게 절망을 선사했다. 공격 속도, 타이밍, 파괴력까지 갖춘 진짜 괴물이다.

이런 놈이 현실에 풀린다고?

"미친놈들… 앞뒤 분간 못 하네, 진짜."

기대된다는 글을 읽으며 석영이 내뱉은 한마디였다. 고블린 부족장이 현실에 풀리면 대체 어떻게 잡을 수 있을까? 학살과 정의 혈맹이 달려와 잡을까? 만약 도심 한복판에 풀리면? 피해가 어느 정도 나올지는 감히 예상조차 힘들었다.

"괜찮아. 나랑은 상관……."

석영의 이기적인 마인드가 발동하는 순간.

소환까지 남은 시간 24:00

흠칫!

머릿속에 다시금 울리는 공지에 석영은 순간 움찔했고, 본능적으로 시간을 확인했다. 현재 시간은 오후 9시, 정각이었다.

"하루… 하루 안에 준비를 하라는 건가?"

너무 짧고, 너무 정보가 없었다.

고블린 부족장이 나올 것 같긴 한데 몇 마리가 나올지, 어디에 나타날지가 전부 미지수였다.

웅, 우웅! 우우웅!

그 순간 전화가 다시 울렸다. 당연히 아영이었고, 석영은 받지 않았다. 지금은 생각을 정리할 시간이 필요했다.

석영이 전화를 받지 않자, 이번엔 한지원에게 메시지가 들어오기 시작했다. 메시지의 내용은 간단했다.

아영이랑 함께 이곳으로 오겠다는 짧은 메시지. 석영은 잠깐 인상을 찌푸렸다가, 알겠다고 답장을 보냈다.

혹시 모른다. 고블린 부족장이 집 앞에 턱 하니 소환될지.

그건 진짜 재앙이다.

타천 활의 너프가 발동된다면 재앙은 비켜 가겠지만……

'만약 버서커 모드 상태로 소환된다면?'

그 순간 혼자서 놈을 상대해야 하는데 석영은 놈을 혼자 잡을 자신이 아직 없었다. 그러니 석영에게는 누군가의 도움이 필요한 입장이었는데, 그런 면에서 한지원과 김아영의 능력은 일반 유저 백 명보다도 더 든든했다.

물론 확정된 건 없다.

'하지만 안심할 수도 없고……'

한 치 앞을 내다볼 수 없다는 말이 진짜 지금 상황과 딱 어울렸다. 그러니 지금은 그저 최대한 준비를 해야 하는 상황이었다.

새로 고침을 다시 한번 눌렀다.

글은 우후죽순처럼 쏟아져 올라왔다.

개중에는 석영처럼 생각하는 이들이 꽤나 있었고, 그런 글들은 바로 공감을 얻고 베스트로 올라갔다.

우웅!

메시지가 하나 더 왔다.

다시금 혼란이 도래해, 도심이 지금 너무 막혀 시간이 좀 걸릴 것 같다는 내용이었다. 그럴 만도 했다.

괴물이 소환될 거라는 공지가 뜬 마당이다. 아무런 반응이 없는 게 이상한 일이었다. 석영은 피곤했지만 잠이 싹 달아나는 것을 느꼈다. 거실로 나와 텔레비전을 켜니 석영이 들었던 공지가 속보 뉴스로 나오고 있었다.

대통령까지 급히 계엄령 선포 논의를 하고 있다는 소식도 자막으로 흘러갔다. 이번 정부의 빠른 대처는 확실히 칭찬받아 마땅했다.

그렇게 석영이 양쪽에서 정보를 모으는 동안, 시간은 착실히 흘렀고 아영과 한지원이 네 시간 만에 도착했다. 두 사람은 짐을 바리바리 싸왔는데, 물어봤더니 옷과 장비라고 했다.

거실에 모여 앉은 셋은 잠시간 말이 없었다.

"사람들 말처럼 고블린 부족장이 나오겠죠?"

침묵을 깬 아영이의 말.

"아마 그럴 거야. 세 번째 킬 이후 바로 공지가 떴으니까."

답은 한지원이 했다.

석영도 고개를 끄덕여 수긍했다. 놈이 아니면 나올 놈들이 없다. 한지원이 석영을 보며 물었다.

"그냥 일반 고블린도 같이 나올까요?"

"그건 모르겠습니다. 하지만 가능성은 높다고 봅니다."

"얼마나 나올까요? 한 마리?"

"그건… 아닐 것 같아요. 부족장 하나 정도는 학살이나 정의 혈맹이 달려들어도 충분할 겁니다. 마치 이벤트처럼 하는 걸 보니 꽤 많이 나오지 않을까요?"

"음… 곤란하네요. 아직 고블린도 못 잡는 유저도 많은데."

한지원의 낮은 말에 아영이도, 석영도 고개를 주억거렸다. 고블린. 석영한테나 쉬운 놈들이지, 사실 이놈들도 꽤나 강했다.

체구는 작아도 일반 성인은 가뿐히 넘어서는 속도와 힘, 게다가 적당한 지성이 가미된 몰이사냥까지. 초보들에게는 어느 것 하나 쉬운 게 없는 놈들이다. 고블린 부족장은 당연히 말할 것도 없었고.

총?

강화탄이 아니라면 아무런 소용도 없을 것이라는 데 석영은 타천 활을 걸 자신도 있었다. 그럼 미사일 종류는?

놈이 도심에 소환됐다고 치면, 미사일은 사용 불가다. 주변이 쑥대밭이 될 테니까.

"정보가 너무 적습니다. 너무 간략한 공지에 동북아시아라는 것만 밝혔지, 장소도 랜덤입니다. 어디에 몇 마리가 나타날지 예상도 안 되는 상황입니다. 재수 없으면 이 집 앞에도 떡하니 나타날 수 있고요."

"그것도 문제네요. 후우, 일단 상황이 정리되기 전까지는 같이 있었으면 좋겠어요."

"저야 환영입니다."

석영은 한지원의 말을 받았다.

아까도 말했지만 한지원과 김아영의 전력은 일반 유저 백 명보다도 훨씬 큰 도움이 될 것이다.

그리고 남자와 함께 지내는 게 부담되지 않을까 하는 생각은 어리석은 생각이다. 한지원의 능력은 현실에서도 그대로일 테니까. 그때 스피커를 통해 나온 앵커의 목소리가 세 사람의 청각을 단숨에 사로잡았다.

―속보입니다. 현 시간부터 국가 비상 사태를 선포하고, 사태가 끝날 때까지 최고 단계 계엄령을 선포했다고 김기현 청와대 대변인의 발표가 있었습니다. 현······.

세 사람의 시선이 화면에 고정된 채 떨어지지 않았다.

"계엄령이라니······."

"굉장히 빠른 결단이네요. 역시 이번 정부는 행동력이 끝내 줘요."

"저거 좋은 거예요?"

순수한 의미에서 놀랐다.

설마 직접적으로 통제를 가할지는 예상 못 했기 때문이다. 하지만 이해는 했다. 이런 상황에서 그냥 오늘과 똑같이 내일을 보낸다? 그것이 정말 미친 짓일 것이다.

만약 서울 도심에 그냥 일반 고블린 천 마리만 쏟아져도 그 순간부터 재앙이 시작될 것이다. 그러니 차라리 통제를 하는 게 낫다.

현 대통령은 정말 다행히도 생각이 제대로 박힌 사람이었다. 하지만 그렇다고 해서 다 좋은 것이 아니었다.

똑똑.

누가 굳이 찾아올 리가 없는 이 산골의 집을 두드리는 사람이 나타난 거다.

"정석영 씨, 정석영 씨 안 계십니까?"

이른 아침, 문밖에서 들려오는 소리에 석영은 식사를 하고 있는 한지원과 김아영을 바라봤다.

그러나 둘은 고개를 살살 저었다. 자신들이 부른 건 아니라는 뜻이었다. 하긴, 석영의 성격을 아는 둘이다. 모르는 외부인을 이곳으로 불렀을 리가 없었다.

"어디서 오셨습니까?"

"일단 이 문 좀 열어주시겠습니까? 얼굴을 뵙고 드릴 말씀이 있습니다."

누구냐고 물었더니, 일단 문부터 열어달란다. 그것도 목소리는 정중하나 사무적인 느낌이 풀풀 나는 어조로. 그러니 당연히 열어줄 리가 없었다.

"죄송합니다. 지금은 누구도 만나고 싶지 않습니다."

"하하, 석영 씨에게 해를 끼칠 의도는 전혀 없습니다. 그러니 잠시만 시간 좀 내주십시오."

이번에도 역시 처음에는 웃음이 깔렸지만 다분히 의도적으로 낸 느낌을 받았다. 석영은 이런 쪽으로는 민감하다. 타인의 웃음과 말투를 아주 신랄하게 느꼈다.

"죄송합니다."

"하하, 그러지 말고 잠시만 시간 좀 내주십시오. 저희 이상한 사람들 아닙니다."

"죄송하다고 여러 번 말씀드렸습니다. 돌아가십시오."

"아, 이런… 이러시면 곤란한데……."

"……."

나직하게 나온 혼잣말이지만, 석영은 분명히 들었다. 육체 강화 덕이었다. 더 이상 대화는 불필요하다 느끼고 거실로 돌아왔더니 아영이 물었다.

"누구예요?"

"모르겠어. 그냥 목소리에서 사무적인 느낌이 풀풀 나."

"사무적인 느낌? 혹시 형사나 뭐 이런 사람들인가?"

사무적인 느낌에서 어떻게 형사를 떠올렸는지는 모르겠다. 하지만 석영은 굳이 대꾸해 줄 필요성을 느끼지 못했고, 한지원을 바라봤다. 혹시 그녀라면 알까 싶어서였다.

"저도 모르겠어요."

한지원도 모른다고 하자 석영은 후우, 하고 한숨을 내쉬었다. 아침 댓바람부터 짜증 나는 상황이 벌어졌다.

낯선 이들, 게다가 자신의 이름까지 정확히 알고 찾아왔다.

그러니 분명 범상치 않은 이들이라는 계산이 순간적으로 나왔다.

경찰?

아닐 거다.

경찰이라면 경찰입니다! 하고 문을 열어달라고 했을 거다. 일반 시민이 경찰의 요구를 무시할 수 있는 경우는 거의 없으니 말이다.

"아, 그럼 뭐지……?"

김아영도 궁금한지 고개를 갸웃거렸고, 한지원은 턱에 손을 대고 골몰히 생각에 잠겨 있었다. 하지만 고민해 봐야 어차피 답은 안 나온다. 문제는 몬스터 소환이다. 준비를 해야 할 게 많았다.

일단 접속해서 장비는 전부 창고에 맡겨놓았다. 그러니 언제든 노름을 통해 꺼낼 수 있으니 장비는 됐고, 부수적인 준비를 해야 한다.

하지만 준비를 하기도 전에 아까 왔던 이들이 다시 찾아왔다.

"정석영 씨, 정석영 씨! 경찰입니다! 문 좀 열어주십시오!"

그것도 경찰을 대동하고.

이 시골까지 십 분 만에 경찰을 부른 것도 대단했다. 아니면 이런 상황을 예상하고 미리 불렀든가.

"공권력을 이용할 수 있는 사람들이면……."

한지원은 감을 잡은 것 같았다.

아영도, 석영도 감을 잡았다.

이 사람들, 정부 기관의 요원들이었다.

'어쩐지 딱딱하더라니… 제길.'

다시금 짜증이 스멀스멀 기어올라 왔다.

경찰까지 끌고 온 마당이니 문을 안 열 수도 없었다. 물론 영장까지 가져오진 않았겠지만 그걸 가져오라고 하면 분명 오늘 내로 들고 다시 찾아올 거다.

"후우……."

띠릭.

결국 문을 여는 석영이었고, 열린 문 사이로 제복을 입은 경찰 둘, 정장을 입은 사내 둘이 서 있었다.

"무슨 용건인데 아침부터 이렇게 사람을 귀찮게 합니까?"

석영의 입에서 나오는 말은 곱지 않았다. 고울 리가 없었다. 아무런 잘못도 안 했는데 이런 상황이 벌어졌다.

"잠시 얘기 좀 했으면 좋겠습니다. 아, 두 분 수고하셨습니다."

정장을 입은 사내 하나가 석영과 경찰에게 번갈아가며 말했고, 경찰은 가볍게 경례하고는 바로 뒤돌아섰다. 경찰이 가자 정장을 입은 사내가 품에서 명함 하나를 꺼내 석영에게 건

넸다.

일선물산

딱 그것만 적혀 있었다.
심지어 이름도 없었다.
그걸 본 석영의 눈매가 잠시 꿈틀거렸다.
'물산?'
어림도 없는 소리다.
온몸에 각이 제대로 잡혀 있었다. 딱 봐도 무술인이다. 찰
나지만 명함을 건넬 때 손등의 굳은살을 봤으니 거의 확실할
거다.
"잠시 얘기 좀 나눌 수 있겠습니까? 중요한 일입니다."
"중요한 일이라… 후우, 알겠습니다."
석영은 안으로 들어가지 않고 마당의 나무 벤치로 안내했
다. 한지원은 조용히 석영의 옆으로 왔고, 아영이 안에서 캔
음료 두 개를 가지고 나와 던지듯 사내들 앞에 놓았다. 그러
고는 한지원의 옆으로 가서 섰다.
사내들은 아영과 한지원, 그리고 석영을 번갈아 보더니 별
로 놀란 기색도 없이 입을 열었다.
"역시 세 분, 같이 있었군요."

역시?

한지원의 얼굴이 일순간 딱딱하게 굳었다.

그건 자신이 여기 있다는 걸 알았다는 소리나 다름없었다.

정부 기관으로 의심되면서 시민의 위치까지 알고 있다?

가장 빠르게 떠오른 곳은 '원'이었다. 그리고 한지원은 그걸 그대로 입 밖으로 흘렸다.

"원에서 나오셨나요?"

"아까 드린 명함에 적혀 있다시피, 저희는 일선물산에서 나왔습니다."

사내는 낯빛 하나 변하지 않고 그렇게 대답했다. 한지원은 순순히 고개를 끄덕였다. 원의 사람이 나 원의 사람이요, 하는 건 미친 짓이니까.

"용건이 뭡니까?"

석영은 바로 본론으로 들어갔다. 오래 대화하고 싶은 마음은 눈곱만큼도 없으니까.

"이런. 목 축일 시간은 좀 주세요, 하하."

나이가 좀 더 많은 사내가 넉살 좋게 웃으며 말했지만, 역시나 석영은 딱딱함을 느꼈다. 캔을 따서 한 모금 마시더니, '어, 시원하다'고 한 말에도 역시 남아 있었고.

"이런, 제가 너무 경박했습니까? 하하."

"용건을 듣고 싶다 했습니다."

"음, 오늘 여기 온 이유는 정석영 씨를 모시기 위해섭니다."

"저를요?"

"네, 아니, 세 분 다 모시고 싶습니다."

"물산이란 곳에서… 일반 소시민과 여배우 둘을 왜 모시려 합니까?"

"하하, 이미 눈치채셨을 테니 빙빙 돌리지 않겠습니다."

"그러십시오."

"이번 몬스터 소환에 세 분의 힘을 보태주십시오."

"……"

몬스터 소환.

생각지도 못한 단어가 나오는 바람에 석영의 눈빛에 잠시간 당황이 머물렀다 사라졌다. 이후 석영의 머리는 팽팽 돌아갔다.

'나를 알고 찾아왔고, 힘을 보태달라고 한다면… 내 유저 별명이 전장의 저격수라는 걸 알고 있어.'

어떻게 알았는지에 대한 추측도 금방 나왔다. 라니아사. 거기서 유저 정보를 받아간 게 분명했다.

'돌겠네……'

개인의 정보를 유출한다?

예전이라면 지랄 났을 일이지만 유성우 폭격 이후 세상은 완전히 변해 버렸다. 지금도 사회는 혼란스럽기 그지없는 마당이다. 그러니 개인 정보 유출 따위야 큰 문제도 아닌 상황이다.

게다가 라니아사는 이미 예전에 유저 가입 정보를 그냥 공개해 버렸다. 하지만 그거야 자신이 누구인지 모를 테니 그냥 넘어갔다. 그런데 이번엔 특별한 유저의 개인 정보가 저들에게 넘어갔다.

'타천 활에 대한 것도 설마… 아니, 아니지. 그건 알 수 없을 거야.'

석영의 눈빛이 착 가라앉기 시작했다.

절대 밝힐 수 없는 무기. 그러니 답은 순식간에 정해졌다.

"거절합니다."

"네……?"

예상치 못했는지, 사내가 잠시 당황한 표정을 지었다. 그러나 바로 수습하고는 석영처럼 굳기 시작했다.

"같이 가주셨으면 좋겠습니다."

"싫습니다."

"음… 석영 씨, 몬스터 소환, 이건 매우 중요한 일입니다."

"저랑 상관없는 중요한 일이겠죠."

"하하, 이것 참……."

피식 흘린 웃음 속에 짜증이 서려 있었고, 석영은 그걸 놓치지 않았다. 나이 많은 사내는 후우, 짧게 한숨을 내쉬었다. 부리부리한 눈매를 한 젊은 사내가 석영을 향해 입을 열었다.

"이봐요, 정석영 씨. 상황 파악이 안 돼?"

"돼."

대답은 의외로 한지원에게 나갔다.

"뭐?"

"나이도 어린 새끼가 반말 지껄이네. 어디서 배워 처먹었니?"

한지원은 전에 없이 싸늘한 얼굴로 그렇게 말했고 사내, 아니, 젊은 요원은 어처구니없다는 얼굴이 됐다.

하지만 그러든 말든 한지원의 말은 아직 끝나지 않았다.

"물산에서 나왔다는 인간들이 왜 사람을 오라 가라야? 그것도 강제로."

"당신, 여배우라는 타이틀 믿고 까부는 거라면… 그만두지?"

"여배우 타이틀? 풋, 아하하하."

한지원의 낮은 웃음소리가 석영의 집 앞마당에 조용히 울려 퍼졌다. 젊은 요원의 얼굴은 그 웃음에 점점 굳어갔고, 선배로 보이는 요원은 가늘게 눈을 좁히고 한지원을 바라봤다.

석영도 그 모습을 가만히 바라보았다.

'신종 자살 방법인가?'

딱 이렇게 생각하고 있었다.

한지원에게 여배우 타이틀 따위는 전혀 중요하지 않았다.

이 여자는 그 자체로 흉기다. 좀 과장되게 표현하면 살인 병기라는 타이틀도 붙일 수 있을 거다.

석영은 맹세할 수 있었다. 저 젊은 요원이 아무리 몸을 잘 써도 한지원이 작정하면 복날 개 잡듯 조져 버릴 수 있다는 걸. 그것도 1분 내로 말이다.

"아, 진짜 거슬리네. 석영 씨, 더 할 말이 있나요?"

"아니, 없습니다."

드륵.

석영이 자리에서 일어나니 한지원도 따라 일어섰다. 그러자 젊은 사내의 얼굴이 아예 와락 일그러지더니 석영의 팔을 훅 낚아채 왔다. 하지만 이미 예상은 했다. 곱게 안 돌아갈 거라는 걸.

석영이 팔을 재빨리 빼는 순간 역으로 한지원이 뻗은 요원의 팔을 잡아당겼다. 그리고……

빡!

오른손을 쭉 휘둘러 젊은 요원의 턱을 후려 갈겼다. 순식간에 벌어진 일이고, 단방에 턱이 흔들린 요원은 테이블에 쿵, 하고 소리를 내며 엎어졌다.

"허."

워낙 창졸간에 벌어진 일이라 남은 요원은 바람 빠지는 탄성을 흘렸다.

샤락.

머리를 한 차례 넘긴 한지원이 아직도 멍하게 자신을 바라보는 요원에게 한마디를 날렸다.

"후배들 버릇이 왜 이래요? 원은 예의 같은 건 안 가르치나?"

"……"

"어차피 금방 포기할 생각은 없을 테니까 한마디 할게요. 다음에는 예의를 딱 가르쳐서 오세요."

"……"

스르륵.

순간 온도가 뚝 떨어지는 것 같은 착각이 들었다.

흠칫 놀라 물러선 석영은 한지원을 좀 놀란 눈으로 바라봤다. 이 여자가 온도 하강의 원인일 거라 본능적으로 느꼈기 때문이다. 한지원은 석영이 그런 눈으로 보든 말든 얼음이 뚝뚝 떨어질 것 같은 목소리로 말을 이었다.

"만약 내 앞에서 또 이딴 식으로 행동하면… 다음에는 의식이 아니라 생명이 끊어놓을지도 모르니까."

그녀의 눈빛, 말투가 지금 이 말이 모조리 진심이라 목 놓아 소리치고 있었다.

생명을 끊겠단다.

죽이겠다는 말을 굳이 돌려 얘기하는데 석영이 듣기엔 저게 절대 그냥 하는 말이 아닌 것 같았다.

놀라 굳어 있던 요원이 천천히 입을 열었다.

"한지원 씨, 당신 혹시……."

"그만."

"……."

요원은 잽싸게 입을 다물었다.

그는 그만이라는 단어에 헛숨까지 들이켰을 정도로 놀라고 있었다. 석영도 마찬가지였다. 근육을 움찔하게 만드는 뭔가가 등골을 훑고 지나갔다. 그건 너무나 오싹한 감각을 선사했다.

'이게… 말로만 듣던 살기?'

맹수 앞에 선 느낌이라 할까?

본능적인 공포, 무시할 수 있는 수준이 절대 아니었다.

"들어가죠."

"……."

그렇게 말하며 돌아선 한지원은 어느새 나른한 상태로 돌아와 있었다. 보는 사람이 어이없을 정도로 빠른 기세 변환이었다.

아영은 멍하니 있다가 한지원의 손에 끌려 석영의 집으로 들어갔고, 석영도 들어가기 전 다시 요원들을 바라봤다. 축 늘어진 요원을 들쳐 매는 선배 요원이 보였다. 그도 석영을 한 번 쳐다보고는 그대로 몸을 돌렸다.

안으로 들어간 석영은 한숨을 흘렸다.

"미치겠네……"

그리고 답답한 한마디를 흘렸다.

다른 곳도 아니고 정부의 요원으로 보이는 사람을 기절시켰다. 그것도 죽빵 한 방으로. 일이 어떻게 변할지 감조차 안 잡혔다. 석영이 라니아에서 이름을 날렸다고 해도, 그건 게임이었다. 그냥 시민이나 다름없었단 소리다.

그러니 이런 일에 경험이 있을 리도 없었다. 그래서 요원이 손을 뻗었을 때도 피할 생각만 했지, 반격은 생각도 안 하고 있었다. 그런데 전혀 예상치도 못한 사람이 사고를 쳤다.

이렇게 됐으니 한지원의 말처럼 요원들이 포기할 리도 없었다. 아마 오늘 내로 다시 찾아올 가능성이 컸다. 아니, 보고가 가는 들어가는 순간 분명 또 우르르 몰려올 것이다. 석영은 한지원을 바라봤다.

사고를 쳐도 거하게 친 여자가 느긋하게 소파에 앉아 TV를 시청하고 있었다.

나른한 얼굴에는 근심이라고는 눈을 씻고 찾아봐도 없었다. 그리고 그런 그녀의 옆에서 쫑알대는 김아영.

지끈.

결국 신경통이 다시 도져 버렸다.

아, 그리고 석영의 예상은 아주 멋지게 맞아떨어지기 시작하고 있었다.

*   *   *

선배 요원, 김충석은 아직도 정신을 못 차리는 후배를 보조
석에 구겨 넣고는 운전석에 앉아 바로 품에서 휴대폰을 꺼냈
다. 어지러울 정도로 많은 번호를 누르고는 어딘가로 통화를
시작했다.

"접니다."

—그래, 같이 올라오고 있나?

"큭……."

충석은 상관의 물음에 나직하게 신음을 흘렸다. 같이 올라
가고 있냐고? 정반대 상황이다. 후배라는 놈은 여배우한테 처
맞아 정신을 잃었고, 자신은 아예 아무것도 못했다. 벼락만큼
빠르게, 마치 빛살 같은 궤적을 그린 주먹질 한 방. 솔직히 말
해 충석도 라니아 유저고, 육체 강화는 끝까지 한 상태였다.

그런데도 주먹질의 궤적을 못 봤다.

그냥 순간 번쩍하더니 '빡' 소리가 나고 후배가 앞으로 엎어
졌다. 충석은 그게 이해가 안 갔다.

—왜? 무슨 일인데.

"그게… 동행 못 할 것 같습니다."

―왜?

"선종이가 당했습니다."

―선종이가? 정석영인가 뭔가한테 당했어? 그 사람 그냥 아웃사이더라며?

"아닙니다. 같이 있던 일행한테……."

―…….

상관, 박종철은 잠깐 침묵하다가 그의 기질대로 으르렁거리는 한 마디를 흘려왔다.

―야.

"네."

―여자한테 언어터지고 뻗었다고?

"네."

보고는 똑바로 들어가야 하기에… 있는 그대로 말하는 충석이다. 사실 허위보고 자체가 원에서는 절대 금기였다.

―누구야?

"한지원입니다."

―한지원이면… 그 액션 전문 배우?

"맞습니다."

―그거 그냥 짜고 치는 합이잖아. 근데 뻗었다고?

"네."

―너는 뭐 했고?

"제 상대가… 아니었습니다."

─…지랄을 하네, 아주. 야, 김충석이.

"네."

─이선 현장이라고 대충 할래?

"아닙니다."

목소리는 그리 크지 않지만 충석은 지금 박종철이 꽤나 뚜껑이 열려 있는 상태라는 걸 잘 알고 있었다. 괜히 구구절절 변명하느니, 그냥 한 소리 얻어먹는 게 훨씬 낫다는 것도 잘 알고 있었다.

─지켜본다. 그래서 어느 쪽이야?

"그게… 모르겠습니다."

─얼씨구? 그것도 못 파악했어?

어처구니없다는 기색이 목소리에 가득했다. 이 한심한 새끼야, 나가 죽어라, 하는 것 같았다. 하지만 충석은 이번에도 솔직히 대답했다. 말했듯이 허위 보고는 절대 금기 사항이었으니 말이다.

"선종이가 한 방에 뻗었습니다. 근데 전 그걸 제대로 보지도 못했습니다."

─한 방……?

"네."

─선종이면… 근접 격투 과정 꽤나 우수하게 수료했잖아?

"······."

─알았어. 전담 팀 쪽에 연락해서 보낼 테니까 일단 선종이 상태 파악해서 복귀시키든 하고, 정석영 그 양반이랑, 아니, 거기 있는 사람 전부 모셔. 힘으로라도.

"알겠습니다."

힘으로라도.

이 단어가 현 대한민국의 상황을 아주 적나라하게 보여줬다. 힘을 써서라도 끌고 오라는 건 현재 정부가 이번 몬스터 소환을 굉장히 민감하게 바라보고 있다는 얘기였다. 실력자의 모집, 그것도 계엄령 선포로 인한 강제 징집이다.

"후우, 미치겠네······."

하지만 충석은 한숨을 내쉬었다.

한숨의 이유가 강제로 끌고 오라는 것 때문이 아니었다. 한지원. 그 여자에게 순간 느꼈던 살기. 온몸이 순간적으로 위축됐던 그 살기는 진짜였다.

"사람 여럿 잡아본 여자 같은데······."

도대체 뭘 하던 여자인지야 보고했으니 위에서 알아서 조사할 테지만, 문제는 그 여자를 다시 잡으러 가야 한다는 부분이었다. 딱 봐도 육체 강화를 끝까지 한 여인이다. 주먹질로 단련된 선종이를 단방에 보내는 여자가 무기를 쥐면?

"아오······."

생각만 해도 끔찍했다.

충석은 한지원이 했던 말이 떠올랐다. 다시 한번 예의 없이 굴면, 의식이 아닌 생명을 끊어놓겠다던 말. 그건 절대로 거짓이 아닐 것 같았다. 진짜 사람을 잡고도 남을 여자라고 본능이 속삭였다.

그래도 그나마 위안인 건 전담 팀이 내려온다는 부분이다. 유저 전담 팀이라면 혹시 모를 거라고 생각하다 말았다.

실전 경험이 꽤나 있는 충석이다.

그가 잠시 겪었던 한지원은 진짜 중에 진짜였다.

"좆 됐네……."

나직한 욕설을 내뱉은 충석은 괜히 그녀의 심기를 건드린 후배를 봤다. 여전히 뻗어 있었다.

쫙! 빡! 빡!

"그만 일어나, 새꺄!"

결국 화풀이를 하고 마는 충석이었다. 귀싸대기를 한 방, 뒤통수를 두 방 때리자 선종은 끄으응, 하는 신음과 함께 눈을 떴다.

"으으… 선배, 여기는……."

"여기는 무슨 새끼가, 차 안이잖아!"

"끙… 어떻게 된 겁니까? 왜 갑자기 제가 여기 있습니까?"

"기억 안 나냐?"

"기억요?"

"그래, 이 새끼야! 너 인마, 한지원한테 턱주가리 돌아갔어!"

"어……?"

"아오……."

석영의 집이 어렴풋이 보이는 곳에 차를 댄 충석은 아직 정신 못 차리는 선종의 뒤통수를 다시 냅다 후려 갈겼다.

빡! 경쾌한 소리가 뒤따랐지만 선종은 아직 멍했다. 의식이 제대로 들지도 않았고, 당연히 무슨 일이 벌어진 건지 파악도 못 하고 있었다. 소위 말하는 필름이 끊긴 거였다.

블랙아웃. 알코올이 아닌, 주먹질 한 방에.

"아… 정석영 그 인간이 무시하고 그냥 일어나서 손 뻗어서 잡으려고 했는데……."

그래도 기억이 복구되긴 하나 보다.

잔뜩 찡그린 얼굴로 기억을 더듬던 선종이 갑자기 와락 표정을 일그러뜨렸다. 그걸 짜증스럽게 쳐다보던 충석은 혀를 차며 말했다.

"이제 기억 나냐?"

"네… 뭡니까, 그 여자?"

"낸들 아냐? 위에 보고했으니까 곧 알려주겠지."

"어… 혹시."

"그래, 너 여자한테 맞고 개구리처럼 뻗었다고 부장님한테

보고 다 했다."

"끄응……."

나중에 깨질 걸 생각하니 절로 표정이 애처로워진 선종이고, 그런 선종을 보던 충석은 다시 혀를 차고 말았다.

'에휴, 그걸 걱정할 때 아니다, 이 등신아…….'

선종이 한지원을 긁어놓은 바람에 어쩌면 오늘이 요원 생활의 마지막이 되는 건 아닐까 고민인 충석이었다.

*　　　　*　　　　*

한편 그 시간, 일선물산 영업 1과 부장 박종철도 꽤나 어이없는 상태였다.

"깨끗하다고?"

"네, 뭐 특별한 점이 하나도 없는데요?"

"확실해?"

"네, 어렸을 때 유학 갔다가 연예계 데뷔 전에 귀국한 것만 빼면 뭐……."

"아오, 이걸 그냥… 넌 대체 대가리가 있는 새끼냐? 대체 어떻게 들어왔어, 여긴?"

"……."

대리라는 놈의 보고에 종철은 기가 막혔다.

충석의 보고를 듣고 당연히 한지원에 대한 전부를 조사했다. 보통 유명한 연예인들이야 그 동선은 물론, 사생활 정도는 파악해 놓는다. 이유야 말 안 해도 뻔하다. 이런 건 위에서 시키지 않아도 알아서들 잘하는 곳이 일선물산 영업 1과의 탈을 쓴 국가 정보원, 줄여서 국정원이다.

어쨌든 한지원에 대한 정보도 당연히 있었고 탈탈 털어봤다. 단순히 액션이 아름다운 여배우 정도로 끝이었다. 그 외에 사생활도 아주 조용해서 집 밖으로 외출하는 법이 거의 없는 배우라 적혀 있었다.

"이런 여자가 선종이를 한 방에 기절시켜? 말도 안 되지……."

스크린에 비춰지는 액션과 실전은 당연히 굉장히 다르다. 운 좋게 갈겼다고 하더라도, 한지원은 여자다. 힘 차이가 당연히 날 수밖에 없다. 게다가 육체 강화까지 맥시멈까지 올린 요원이다.

이건 운이 아닌…….

"많이 쳐봤다는 소리고……."

단순히 액션만 잘한다고 의식을 툭툭 날리면 그게 어디 액션 배우겠나? 배우의 탈을 쓴 전투 병기지.

"게다가 충석이 이놈도 꼼짝 못 했다니까……."

아무리 일선에서 물러났다고 해도 박종철이 아는 김충석은 베테랑이다. 해외 파견도 몇 차례나 나갔다 온, 실제 작전도 몇 번이나 치렀던 그런 놈이다. 근데 그런 놈이 찍 소리도 못 하고 물러났다는 건 분명 단순하게 생각할 문제가 아니었다.

"유학이라……."

종철은 본능적으로 유학에 뭔가가 있을 거라고 판단했다.

그는 다시 대리를 불러 정석영과 김아영의 프로필을 가져오라고 했다. 수 분 내로 들어온 프로필을 보던 충석은 고개를 갸웃거렸다.

이미 둘의 보고는 초등학교부터 다 조사되어 있었다.

"둘 다 뭐 별건 없는데……."

특히 석영은 더 별게 없었다.

초등학교, 중학교, 고등학교, 대학교를 지나 사회생활 1년 정도까지. 전부 확실했다. 그나마 이상한 걸 찾으라면 사회 부적응자, 아웃사이더 타이틀이다. 이걸 빼면 정말 그냥 일반 소시민과 다를 게 하나도 없었다.

양친도 마찬가지고, 족보 또한 아무런 문제도 없는 게 석영의 프로필이었다. 그럼 아영은? 아영은 석영보다 조금, 조금 더 특이하다.

걸 그룹 1세대 출신이고, 그 이전엔 연습으로 삼 년 간 이름만 대면 아는 소속사에 있었고, 그 뒤로는 뭐, 연예계 좀 안다 싶은 이들은 다 아는 그런 삶을 살았다. 특이하게 일이 없을 때면 게임만 주구장창 한다는 걸 빼면 역시 특별한 건 없었다.

"그런데… 왜 셋이 함께야? 이게 단순히 우연?"

하난 요원을 단방에 작살내는 여배우, 다른 하난 그의 동료라 할 수 있는 여배우, 마지막 하난 그냥 아웃사이더.

조합이 더럽게 안 어울려서 괴리감이 살짝 느껴질 정도였다.

"뭔가 있어, 이건 뭔가 있다고……"

오랜 요원 생활 동안 자연스레 터득한 감이 속삭였다.

이 조합, 분명 뭔가 있다고.

물론 그 감은 굉장히 불확실했다.

*　　　　*　　　　*

"역시… 아직 안 갔어요."

석영의 집 옥상에 올라갔던 아영이 내려오며 한 말이었다. 혹시나 그냥 갔을까 기대했지만, 역시나 아직 안 갔다는 말에 석영은 짜증스러운 한숨을 내쉬었다. 그러고는 한지원을 바라봤다.

그녀는 여전히 천하태평이었다.

TV 전원을 끄고, 그녀 맞은편에 앉은 석영이 물었다.

"이제 이쩔 겁니까?"

"뭘요?"

"저자들 말입니다."

"아아, 위에 보고하고 나서 떼로 뭉쳐 오지 않겠어요?"

"……."

이 여자, 그걸 참 쉽게 말한다.

지금 그것 때문에 걱정인 석영인데 말이다.

"자존심도 왕창 깨졌고."

"그 자존심을 당신이 깨부쉈고 말입니다."

"그럼, 그 상황에 가만히 있어요?"

"꼭 그렇게 해결 안 해도 되지 않습니까? 전 분명 거절했습니다."

"픕."

석영의 말에 한지원은 나른한 표정을 지우고 살포시 웃었다. 그게 비웃음은 아니었고, 마치 어린아이의 재롱을 볼 때 나오는 웃음 같았다. 귀엽다는 듯이 보는 그런 웃음. 그게 석영의 심기를 건드렸지만 함부로 움직이지는 못했다.

왜냐고?

한지원의 무력을 봤기 때문이다.

분명 장난 아닐 거라 예상은 했지만 예상이 실제로 적중하는 순간은 충격, 그 자체였다.

흔히 졸았다고 해도 되는 상태였다.

"석영 씨, 순진한 생각 말아요. 그들이 거절한다고 네, 하고 물러날 것 같았어요?"

"……."

한지원의 말에 석영은 대답하지 못했다. 그 스스로도 아닐 거라고 예상했기 때문이다. 경찰까지 동원해서 자리를 만든 이들이다. 공권력 정도는 아주 쉽게 쓸 수 있다는 소리나 똑같았다. 게다가 처음부터 반 협박이었다.

거절했다면 아마 제압하려 들 생각이었을 거다. 그 정도는 석영도 유추가 가능했다. 한지원의 말이 이어졌다.

"권력, 재력, 폭력. 이 세상을 지배하는 힘이에요. 인정하시죠?"

"……."

한지원의 말에 석영은 고개를 끄덕였다.

끄덕임이 끝나자마자 마치 선생처럼 한지원의 충고가 이어졌다.

"이 중 어떤 종류든 힘에 한 번 굴복하면 두 번, 세 번, 그리고 계속해서 굴복해야 해요. 이건 일반 사회생활이나, 우리가 있던 연예계나 그 어디든 변하지 않아요."

"……."

"일이 터질 때마다 끌려다니고 싶어요?"

"그건……."

질색이다.

석영이 진짜 최고로 싫어하는 게 바로 질질 끌려다니는 지금 같은 상황이다.

쪼르르.

아영이도 석영의 옆에 앉았다. 두 무릎을 모으고 양손을 바르게 올린 학생의 자세로. 그런 아영이의 모습에 풋, 하고 짧게 웃은 한지원이 다시 말을 이었다.

"그러니 끌려다니기 싫으면 최소한 협상 테이블은 만들어야겠죠?"

"협상 테이블……."

"네, 그래야 개처럼 끌려다니지 않을 거 아니에요. 계엄령이 선포됐어요. 강제 징집을 해도 이상하지 않을 거란 말이에요. 국력이고 뭐고 개소리를 지껄일 거고, 남자고 여자고 유례없이 공평한 징집이 될 거예요."

"어떻게 확신합니까, 그걸?"

"봤잖아요, 지금? 나랑 아영이까지 끌고 가려고 하는 모습."

"아……."

그래, 조금만 생각해 보면 알 수 있는 부분이었다. 그들은 분명 석영 말고, 한지원과 아영이까지 끌고 가려고 했다. 왜? 둘이 강하다는 걸 알기 때문이다.

'아마도… 휴대폰 감청으로 알았겠지.'

아영이야 게시판에서는 좀 유명한 유저 중 하나였다. 스스로 자신의 모험담, 전투 경험담과 함께 인증 샷까지 올리기 때문이다.

물론 후기 같은 그 경험담에 아는 언니란 단어로 한지원이 종종 등장한다. 원 정도 되면, 그 아는 언니가 한지원인 걸 모를 리는 없을 거다. 메시지, 전화 등… 그러니 전부 끊고 가려 한 게 분명했다.

"그러니 힘으로 무너뜨려야 했어요. 강제 징집이라고 해도 아마 우릴 죽이지는 못할 테니까, 오는 족족 박살 내서 대가리가 직접 오게 만들려고요."

"……."

"무식한 방법이죠?"

"……."

석영은 대답 대신 고개만 끄덕였다.

확실히 진짜 무식한 방법이었다. 생각해 보면 범죄를 저지른 것도 아닌데 사살 명령이 내려질 리도 없었다. 그리고 오는 족족 요원들을 박살 내는 강자인 한지원을 내칠 수도 없었다. 작정하면?

'나랑 아영이까지 가세하면… 웬만해서는 제압당할 일은 없겠지.'

총기류까지 등장하지 않는 이상 말이다.

그래서 뒤가 없는 무식한 방법이라 스스로도 시인하듯 한 지원이 말한 거고, 석영도 아영도 고개를 끄덕였다. 방법이야 무식해도 확실히 협상 테이블을 만들 방법이긴 했다.

석영은 가늘게 뜬 눈으로 한지원을 바라봤다.

'그 순간에 거기까지 생각한 건가? 무슨 놈에 머리 회전이······.'

어마어마할 정도로 빠르다. 석영도 방법이 없어 그냥 거절, 거절, 거절만 연발하지 않았나. 근데 한지원은 그 순간 빠른 사고 회전을 통해 협상 테이블을 만들 생각을 하고 도발, 격침 시켰다.

거기다가 그 모든 걸 단숨에 진행하는 과감한 결단력과 행동력까지.

'리더의 자질까지 있어. 이거야 원… 적으로는 절대 마주치고 싶지 않는군.'

이건 진심이었다.

진짜 석영은 한지원만큼은 적으로 만나기 싫었다. 그녀의 과거가 궁금해지긴 했지만, 물어도 말해줄 것 같지도 않았다.

'여배우? 절대 아니지······.'

아무리 석영이 게임 빼고는 맹물이라지만 한지원의 몸놀림과 격투 실력이 배우의 실력이 아니라는 것 정도는 알 수 있었다.

'배우는 개뿔, 사람 잡는 암살자면 모를까……'

딱 그렇게 생각하는데 한지원이 묘한 미소를 머금으며 다시 입을 열었다.

"뭘 그리 빤히 봐요?"

"아무것도 아닙니다."

"왜요, 내가 무서워요?"

"그건… 아닙니다."

"후후, 생각보다 순진한 줄 알았는데, 파악은 빠르시네."

"……"

묘한 말이다.

파악은 빠르다니, 자신의 생각과 일치한다는 말과 거의 비슷했다.

"왜 그런 걸 말해주는 겁니까?"

"이제 한배를 탔잖아요? 뭐, 이렇게 된 마당에 '어머, 저 순진한 여배우예요' 할 수도 없는 노릇이고."

"……"

쿨 내 풀풀 나는 말이다, 진짜.

석영의 말문이 막히자, 그녀는 다시 특유의 나른한 미소를 머금은 입술로 말했다.

"이제 죽이 되든 밥이 되든 한 테이블에 묶어서 협상할 처지인데, 어느 정도는 오픈해야죠. 내 과거를 구구절절 말해줄 수는 없어요. 다만, 생각하는 것과 비슷한 일을 했다고만 아세요."

"……."

"……."

석영도, 아영이도 그 말에 그냥 고개만 끄덕이고 말았다. 석영은 본능의 경종을 믿었다. 더 이상 깊게 파고들지 말자고. 근데 생각해 보니 꼴이 웃겨서 석영은 피식 웃고 말았다.

"오빠, 왜 웃어? 이 상황에……."

"아니, 웃겨서. 개집으로 끌려가기 싫어 거절했더니, 옆에 호랑이가 있잖아?"

"아, 오빠… 그건."

"호호호호!"

그 말에 아영이 기겁했지만 한지원은 반대로 웃었다. 그녀는 한참을 배를 잡고 깔깔거리다 눈물을 훔치고는 석영을 보며 말했다.

"걱정… 품! 말아요. 안 잡아먹으니까."

"제발 그랬으면 좋겠습니다."

"호호호! 아영이한테 들어서 되게 진지하기만 한 사람인지 알았는데, 나름 유머 감각도 있네요. 호호호!"

"……."

유머 감각은 개뿔, 진심이었을 뿐이다.

앞으로 앞날 때문에 매우 심란해지려는 찰나, 한지원의 얼굴에 미소가 싹 가셨다.

"왔네."

"……"

석영은 그 말에 말없이 창가로 갔다.

커튼을 걷어보니 확실히 대형 승합차 두 대에서 시꺼먼 복장으로 통일한 이들이 줄줄이 내리고 있었다. 석영은 빠르게 숫자를 셌다.

"몇이에요?"

"열다섯 정도."

"에계~"

피식 웃은 그녀가 자리에서 일어나 기지개를 쭉 켰다. 그다음 방으로 들어가더니 부스럭거리는 소리가 들렸고, 일 분도 안 되어 다시 나왔다.

리얼 라니아에서의 장비를 그대로 갖춰 입은 한지원은 그대로 석영을 스쳐 지나갔다. 스쳐가며 옥상으로 올라가려 했던 석영에게 '따라와요' 이 한마디를 남기는 것도 잊지 않았다.

잠깐 고민하던 석영은 그냥 한지원을 따라 나가기로 했다.

석영과 아영은 이미 장비를 갖춘 채였기 때문에 바로 그녀의 뒤를 따라나섰다. 어차피 이제 방법이 없었다.

그녀의 말대로 협상 테이블이 만들어질 때까지 오는 족족 족치는 것밖에.

사람과의 전투는 처음이다. 하지만 멘탈 보정은 이마저도 무시하게 만드는 마력이 있었다. 이미 머릿속에 '적'으로 인식이 끝난 뒤였기 때문이다.

"한지원 씨."

나가자마자 충석이 다가와 손을 펴 보이며 다가왔다. 긴장했는지 주륵 땀을 흘리는 게 석영의 눈에도 너무나 잘 보였다.

"예의는 갖춰 왔나요?"

"지원 씨, 일단 얘기를 좀……."

"예의 갖춰 왔냐고 물었어요."

"그, 그게……."

"저 시꺼먼 것들을 보니 예의는 개뿔, 사람 잡으러 온 것 같은데?"

한지원의 입에서 존대가 싹 가셨다. 말투도 그녀 특유의 나른함은 살아 있으나 차가움이 듬뿍 담기기 시작했다.

한지원의 기세가 변하자, 사십 대 중년 사내가 다가왔다.

"안녕하십니까, 유저 전담 팀 양홍식입니다."

"난 알 테니 인사는 때려치우고, 왜 왔어?"

"허헛, 대화를 좀 하려고 왔습니다."

"무슨 대화를 하고 싶어서 애들을 줄줄이 달고 왔는데?"

전혀 한지원 같지 않은 모습이었다.

석영은 그녀의 말속에 다분히 의도적인 도발이 담겨 있음을 알았다. 대화는 아예 차단하고, 족족 잡아 족쳐서 아까 말했던 것처럼 협상 테이블을 설치하는 게 그녀의 목적이었다.

석영은 아직 숨겨야 되는 타천 활 대신 들고 나온 강철 활의 감촉을 가만히 느꼈다. 차가운 한기가 손바닥을 통해 올라오며 쿵쿵 뛰던 심장박동이 조금씩 가라앉기 시작했다.

"그냥 잠깐 대화만 하면 됩니다. 약속드립니다. 서로에게 해가 가지는……."

"개소리 그만하고, 한바탕할 거야? 할 거면 지금 바로 하고. 알다시피 오늘 몬스터 소환이잖아? 우리도 좀 준비는 해야 하지 않겠어?"

"후우… 지원 씨, 정말 악의를 가지고 찾아온 게 아닙니다. 오히려 도움을 요청하러 왔습니다."

"그런 의도로 왔다는 저 새끼는 나를 협박하던데?"

칼 같은 반박이고, 계속되는 도발이다.

전담 팀 몇몇은 이미 몸을 들썩이고 있었다. 말만 하면 바로 달려들 기세를 석영도 확실하게 느꼈다.

꾸욱.

시위에 화살을 건 석영은 기왕 이렇게 된 거, 아예 미쳐보기로 작정했다.

'그래, 말뚝에 목줄 걸린 개처럼 사느니, 차라리 호랑이 옆의 스릴이 낫지.'

아영이도 같은 마음이었는지, 석영의 시야를 방해하지 않는 선에서 앞으로 나서며 방패를 가슴까지 끌어 올렸다. 아영이 한지원을 믿는 정도를 생각하면, 지옥이라도 따라가고도 남을 거다.

"정말… 이렇게 나오실 겁니까?"

양홍식이라 밝힌 사내의 목소리가 축 처졌다. 슬슬 한지원의 도발을 견디지 못하고 넘어간다는 증거였다.

"응, 계속 이럴 건데?"

"한지원 씨."

"말해."

"후회할 겁니다. 지금 이 시대는 여배우라고 봐줄 수 있는 시대가 아닙니다."

피식.

적나라한 비웃음을 던져준 한지원이 아영을 향해 물었다.

"아영아, 지금 몇 시니?"

"아까 나올 때 열두 시 쯤 안 됐어요!"

"그래? 밥 먹을 시간이네……."

다시 고개를 정면으로 돌린 한지원이 서늘한 예기를 머금고 답했다.

"해봐, 후회하게."

보통은 주인공이 써야 할 말과 함께 한지원은 모두의 시야에서 사라져 갔다.

episode 15
몬스터 소환II

사람이 갑자기 눈앞에서 지워지는 걸 본다면, 어떻게 될까?
아마 첫 번째는 흠칫 굳을 거다. 양홍식을 포함한 전담 팀 전
체가 딱 그랬다.

어? 어어……?

멍청한 표정을 순간적으로 지었을 때, 한지원 타임이 시작
됐다.

빠각!

"컥!"

양홍식은 턱에서 시작되는 강렬한 통증에 억눌린 신음을

흘렸다. 긴장이고 자시고 할 것도 없이 갑자기 턱이 훅 들렸다. 그리고 세상이 하얗게 변하려는 걸 반사적으로 이 악물고 겨우 참았다.

"오, 버텼네?"

흠칫!

귀 옆에서 들려오는 나른한 목소리에 양홍식은 어금니를 꽉 깨물었다. 턱이 흔들리면서 정신이 멍해진 상태인데, 이 여자의 목소리가 귀 옆에서 들린다? 딱 봐도 어딜 칠지 양홍식은 감을 잡았다.

하지만 감만 잡았지 막거나 피하진 못했다.

빡!

"크륵……."

틈도 주지 않고 들어온 한 방에 양홍식의 세상은 하얗게 변했다. 전담 팀이라 불리는 이들은 유성우 충돌 이전부터 산전수전을 다 겪은 군, 경, 원 출신들을 모아 만든 팀이었다. 그중 서울 강남을 담당하는 엘리트 팀의 팀장인 양홍식인데 쓰러지기까지 겨우 두 방 걸렸다.

"팀장님!"

"뭐, 뭐야! 저 여자!"

반응은 즉각 나왔다.

경악으로 말이다. 하지만 그 경악이 전담 팀으로 퍼지는 순간, 한지원의 모습은 이미 스르륵 다시금 세상에서 지워지고 있었다.

흠칫!

전담 팀 전체가 몸을 떨며 사방을 경계했다. 하지만 그런다고 한지원이 보이진 않았다. 은신. 이건 진짜 미친 스킬이었다. 효율성을 떠나서, 그냥 다 떠나서 이건 정말 사기급 스킬이었다.

"컥! 크르르……!"

신음이 들려온 곳은 전담 팀의 가장 후미였다. 여성 팀원의 뒤에 나타난 한지원이 살포시 목에 팔을 감고 조르기 시작했다. 그 소리에 반응하고 몸을 돌렸을 때는 이미 여성 팀원의 눈은 풀려가고 있었다. 아등바등하기는커녕 그냥 눈이 돌아가고 있었다. 입이 벌어지면서 눈빛이 완전히 맛탱이가 갔을 때 이미 한지원이 나른한 눈빛과 미소를 지은 채 다시 짧게 은신, 이 두 글자만을 읊조리고 있을 뿐이었다.

"아! 이 미친!"

"자경아!"

빡!

한 팀원이 놀라 스르륵 무너지는 여성 팀원의 이름을 부르며 달려 나가다가, 머리가 뒤흔들렸다. 어느새 옆으로 이동해 있던 한지원이 지나가는 전담 팀원의 턱을 후려갈긴 거다.

이놈은 두 방을 못 견뎠다. 한 방에 하체가 굳었고, 그대로 썩은 나무처럼 앞으로 풀썩 쓰러졌다.

은신. 그리고 한지원의 모습은 다시 사라졌다.

"이 꽉 깨물어! 맞으면 간다!"

부팀장으로 보이는 놈이 소리쳤지만, 그게 현 상태를 해결할 수 있는 대책은 아니었다.

우득!

"아악!"

몸에 힘을 준다?

한지원은 이제 단방에 의식을 못 날리니 관절을 공략하기 시작했다. 휘어 들어간 발차기가 무릎 옆을 갈겼고, 뼈가 어긋나는 섬뜩한 소리가 들렸다.

맞은 전담 팀원은 그대로 무릎을 꿇었다. 이어 한지원은 머리를 잡고 그대로 무릎으로 쳐올렸다.

빡······!

그 한 방, 딱 그 한 방에 팀원은 그대로 뒤로 무너졌다. 그 모습은 실로 잔인하면서도 아름다웠다. 무릎이 돌아가 아예 안쪽으로 휘어 있었기 때문에 잔인했고, 무용수처럼 나풀거리는 동작에 아름다움을 느꼈다.

그리고 전담 팀 전체가 얼어붙었다.

손속에 사정?

한지원에게 그런 건 하나도 없었다.

아영도 놀라 입을 쩍 벌리고 멍하니 있을 정도였고, 석영도 마찬가지였다. 같은 편이지만 소름 끼치도록 단호하고, 냉정한 모습. 저 여자가 나른한 웃음을 피우던 여자가 맞는지 정말 의심이 들었다.

"정훈아!"

"그, 그만!"

한지원은 그만이라는 말에 얼굴을 발로 밟으려던 자세 그대로 잠시 멈췄다가 고개만 빤히 돌렸다. 부팀장이 손을 번쩍 들고, '그만! 항복!'이라는 단어를 외치고 있었다.

"오호, 상황 파악이 꽤 빠르네?"

"무, 물러나겠습니다!"

"어? 자존심도 없어? 내가 니들 이렇게 발랐는데?"

"아닙니다!"

전 부팀장이 승진 후 다른 지역으로 옮기면서 새롭게 부팀장이 된 이홍성은 머리 회전이 비상한 자였다. 처음 한지원의 모습이 사라지고 지금까지 무려 넷인가 다섯이 박살 났다. 그 인원이 당하는 데 몇 분이나 걸렸을까?

'미친… 저건 어디서 나타난 괴물이냐……!'

2분도 안 걸렸다.

팀장 양홍식이 꽥, 하고 쓰러지고, 지금까지 고작 2분도 안 걸린 거다. 더 비티면 승산이 있을까?

'보이지도 않는 년을 무슨 수로 잡아……!'

속으로 비명을 내지르는 이홍성이었다. 뭘 보여야 싸우든가 말든가 할 것 아닌가. 이건 말 그대로 유령이랑 싸우는 것과 똑같았다. 실체가 없는데, 물리력을 행사한다. 이게 말이나 되나? 아무리 세상이 막장으로 흘러간다지만 이건 진짜 반칙이라고 생각했다. 더 버티면?

'애들 다 쓰러진다……. 무조건 막아야 해!'

이홍성은 자존심이고 나발이고, 일단은 밑에 애들부터 지키는 게 먼저라 생각했다.

"항복! 무조건 항복입니다!"

하지만 어딜 가나 눈치 더럽게 없는 새끼는 존재하게 마련이다.

"부팀장님, 그게 무슨 말씀이십니까! 팀장님이 당했습니다!"

철렁!

아직 상황 파악 못 한 팀원의 한마디에 가슴이 뒤흔들렸고, 급히 한지원의 안색을 살폈다. 그녀의 입가에 미소가 점차 짙어지고 있었다.

살짝 들어 올린 저 발로 얼굴을 내려찍으면? 흔히 팔보다 다리의 파괴력이 몇 배나 더 강하다고 한다. 수박처럼 터져 나가는 팀원의 머리를 상상한 이홍성은 급히 고개를 돌렸다.

휙!

"이 개새끼야! 아가리 안 닥쳐? 정훈이 죽일 거야!"

"하지만……!"

"닥치라고, 이 씨발놈아! 한지원 씨! 쟤가, 아니! 저 새끼가 철이 없어 그렇습니다! 눈치도 더럽게 없습니다! 그러니 제발 봐주십시오! 그리고 그… 그 발만 좀 내려주시면 안 되겠습니까."

비굴하다 싶을 정도로 저자세로 나가는 이홍성의 모습에 불만스러운 표정으로 이를 악문 팀원 몇몇이 보였고, 한지원 은 그들을 바라보며 재미있다는 듯이 미소 짓고 있었다. 그 미소에 이홍성은 온몸에 소름이 돋았다.

유저는 빠르다. 근력도 세고, 단단하다.

이 삼박자가 강화 주문서로 전부 해결된다. 영화에서나 나왔던 초인이 되는 거다.

하지만 그렇다고 안 죽는 건 아니다.

목이 잘리면 죽는다. 심장이 뚫려도 죽고, 죽을 만큼 맞으면 죽는다.

불사신이 아닌 거다.

'봐줬어. 봐준 거야……. 팀장님? 턱이 아니라 심장에 칼을 박았으면 그냥 죽었어…….'

그런데도 죽이지 않은 건 아직 살인까지 갈 정도로 척을

진 건 아니라는 뜻이었다.

이홍성의 속이 바짝 타들어갔다. 첫 단추를 진짜 너무 잘못 끼웠다. 원에서 협력 요청을 해왔고, 상부에서도 바로 도우라고 했기 때문에 출동했다. 오면서 원의 요원 하나를 그냥 제압한 한지원을 포함해 정석영, 김아영에 대한 정보도 달달 외웠다. 하지만 그건 정보도 아니었다.

'절대 여배우가 아니야……'

그 사실에 이홍성은 양 손모가지를 다 걸 자신도 있었다. 세상 어느 여배우가 저렇게 움직이나. 스크린이 아닌 현실에서, 그것도 현장, 작전 경험이 풍부하다 못해 넘치는 전담 팀원을 상대로 말이다.

스윽.

한지원의 발이 땅에 내려왔다.

그 순간 불만스럽다는 표정을 짓던 요원이 몸을 날리려 했지만, 이홍성이 더 빨랐다.

빡!

"컥!"

"컥은 씨발! 가만있으라는 말 못 들었냐! 쌍놈의 새끼가!"

"으… 부팀장님! 이게 무슨……!"

"좀 이 씨발 것아……! 가만히 좀 있어! 제발 좀!"

상황 파악이 아직도 안 되는 멍청한 무뇌아 대원 하나 때문에 이홍성은 진짜 웬만해서는 쓰지 않는 욕을 펑펑 써댔다.

피식.

한지원의 입가에 건조한 미소가 흘렀다.

조소였다.

명백하게 비웃음을 담은 그 웃음에 전담 팀이 움찔했다. 참아야 한다는 걸 알지만 그게 말처럼 쉽게 되진 않는 거다.

힘을 얻으면 자존심까지 같이 올라가는 법이니까. 그 자존심에 금을 쩍쩍 가게 만든 한지원을 인정 못 하는 것은 물론, 지금 이 상황조차 이해가 안 갈뿐더러 무의식이 야비하게 계속 반항하라 속삭이고 있는 상태였다.

"수습해서 물러난다. 한지원 씨, 저희는 이만 물러가겠습니다……."

"그러세요. 아, 다음에 또 온다면… 이렇게는 안 끝날 거예요. 이미 한 번 봐줬거든요. 그죠?"

"……."

한지원은 그 말을 하면서 충석을 봤고, 그 시선에 충석은 고개를 재빨리 끄덕였다. 한지원은 그에게 그랬다. 다음에는 죽인다고. 그걸 말하는 거였다. 충석의 끄덕임을 본 한지원의 시선이 다시 이홍성에게 갔다.

"미리 알려줄게요. 제 특기는 원래 게릴라전이라는 걸."

"……."

"아, 이것도 전해요. 나랑 얘기를 하고 싶으면 대가리가 직접 오라고."

꿀꺽.

저도 모르게 침을 한 번 삼킨 후, 이홍성은 고개를 마구 끄덕였다.

겁먹어서? 맞다. 게릴라전, 그걸 이해 못 할 이홍성이 아니었다. 그도 군 출신이었으니까. 전면전에서도 이 정도 능력을 보여주는 한지원이 숲이나 이런 데서 전투를 벌이면? 어떤 일이 벌어질까?

'유령처럼 뒤에서 나타나 목을 그어버리면?'

불가능하다고?

아니, 반대로 무조건 가능한 일이다.

좀 전에도 그랬다.

환한 대낮에 모습을 숨기는 스킬을 썼는데, 인기척도 사라지는 건지 아무것도 느낄 수 없었다. 그리고 공격하는 순간 스킬이 풀려 모습을 나타내지만 그땐 이미 어딘가 제대로 얻어맞은 뒤다.

좀 전에는 주먹과 발만 썼다. 오직 육체적인 힘으로 전담팀의 3분의 1을 무력화시켰다. 그것도 너무나 쉽게.

'미친 짓이야… 저 여자랑 숲에서 싸우는 건.'

은폐와 엄폐가 쉬운 최적의 장소가 바로 숲이다. 게다가 이곳은 숲에 둘러싸인 시골인 데다 석영의 집은 삼면이 산에 둘러싸여 있다. 오직 차로 올라오는 곳을 빼면 한지원이 몸을 숨길 곳은 정말 차고 넘쳤다.

'총이나 칼을 들면?'

뒤통수에 대고 방아쇠를 당길 수도 있고, 목에 칼을 대고 쭉 그어버릴 수도 있었다. 그렇다고 그녀의 말이 허풍인가? 아니, 그것도 아니었다. 간간이 보여주는 살기, 그건 필시 사람을 죽여본 자의 눈이었다.

살기는 쉽게 풍길 수 있는 게 아니었다. 배우고 싶다고 배울 수 있는 것도 아니었고.

충석도 느낀 점을 이홍성이 못 느낄 리가 없었다.

이 모든 게 상상조차 무서웠다.

온몸에 소름이 돋아 저도 모르게 부르르 떨릴 정도로.

"빨리, 빨리 수습해……."

그래도 부팀장이었다.

명령은 명령이니 기절한 팀원과 팀장을 챙기는 전담 팀. 아직도 눈빛에서 불만이 가득 느껴졌지만 상명하복이 워낙에 철저한 곳이라, 아마 이홍성의 명령을 무시한 팀원에게는 징계가 내려질 거였다.

징계, 누구든 피하고 싶은 일이었다.

몇 분이 지나지 않아 앞마당이 휑하니 비었다. 멍한 두 사람을 지나치며 한지원이 말했다.

"자, 점심 먹어요. 좀 움직였더니 배고프네."

"……."

"……."

그리 말하며 지나가는 한지원에게서는 땀 한 방울 흐르지 않았다.

*   *   *

"뭐?"

─다 깨졌습니다. 전투 시작 2분 만에 양홍식 팀장을 포함해 넷이 골로 갔고, 이홍성 부팀장이 겨우 전투를 멈추고 물러났습니다.

"허……."

종철은 충석의 보고에 헛웃음을 흘렸다.

전담 팀이 갔다.

시간이 없어 강남을 담당하던 엘리트 팀을 수송 헬기에 태워 급파했다. 그런데 그 전담 팀이, 대한민국 전담 팀 중 최고라 할 수 있는 팀이 2분 만에 팀장 포함 넷이 무너지고 항복했단다. 근래 들은 가장 재미없는 소리였지만, 이건 보고다. 그것도 즉석 부하 김충석에게 온 보고.

"전담 팀은?"

―그쪽도 일단 물러나서 위에 보고 중입니다.

"이것 참, 지독히 재미없는 농담이군."

―하지만 사실입니다.

"그렇겠지. 충석아, 전담 팀 두세 개 더 넣으면?"

―특기가 게릴라전이랍니다.

"진짜?"

―본인 입으로 얘기했습니다.

"음… 진짜라면 아무 의미 없겠군."

일반인들이야 게릴라라고 하면 그냥 숲에서 번쩍번쩍하는 정도밖에 모르겠지만, 종철 정도 되는 위치에 있다면 그게 얼마나 무서운지 아주 잘 안다.

무조건 여배우는 아닌 여자다. 어디서 저런 여자가 나온 건지 밑바닥부터 파봐야겠지만, 나온다면 절대 범상치 않을 거라는 것도 안다.

"후, 대화를 하고 싶다면 대가리가 직접 오라고 했다고?"

―네. 아마, 한 번만 더 강제로 끌고 가려고 했다간…….

"……."

충석은 뒷말을 삼켰지만 종철은 찰떡같이 알아들었다. 지끈거리는 골을 꾹꾹 누르던 종철은 깊은 한숨을 토해냈다.

"후우… 알았어. 원장님께 보고 올리지. 너는 거기서 대기해."

─네, 근데 가급적이면 제발, 더는 그 여자 심기 건드려서는 안 됩니다. 솔직히 아까 전담 팀 부팀장이 항복 안 했으면 거기 팀원 하나가 얼굴 없는 시체 될 뻔했습니다.

"알았어, 이 새끼야. 바로 연락 줄 테니까 대기해."

─네.

뚝.

전화를 끊은 종철은 또 후우, 한숨을 내쉬었다. 정석영을 비롯해 라니아 유저 중 이름 있는 모든 유저에게 원의 요원이 파견됐다. 이유야 당연히 오늘 저녁 9시에 있을 몬스터 소환 때문이었다.

강제 징집.

적당한 권리와 함께 일이 있을 때마다 그들을 소집하는 방향으로 진행됐고, 몇몇은 선선히 동행해 왔다고 한다.

"빌어먹을, 아웃사이더가 문제가 아니라 여배우가 문제라니……."

전혀 생각도 못 했다.

선종이를 아웃시킬 때는 '그래, 잘하면 그럴 수도 있지 않을까?' 이런 마음이 조금이라도 있긴 했다. 하지만 이번에는 절대로 아니었다. 양홍식 팀장이 포함된 팀을 2분 만에 박살 내는 게 가능할까?

"허, 참……."

지랄 맞은 상황이었다.

시계를 힐끔 보니 이미 시간은 오후 2시를 향해 가고 있었다. 고개를 턴 그는 다시 한숨을 내쉬고, 원장에게 전화를 걸었다.

"끄응……."

나지막한 신음과 함께 눈을 뜬 양홍식이 처음으로 본 건 칙칙한 차 안 천장이었다.

"정신이 드십니까?"

"끄으… 여기 어디냐."

"어디긴 어딥니까, 저희가 타고 온 차 안이지."

"아으… 내가 왜 차… 아……."

"기억이 좀 나십니까?"

선종과 똑같은 길을 가고 있는 양홍식이었다. 걱정이 담긴 이홍성의 말에 조금씩 한지원에게 처맞던 상황이 기억이 났다.

"내가 얼마나 이러고 있었냐……?"

"한 시간 정도 됩니다."

"…한 시간이나 기절해 있었다고?"

"네."

"애들은?"

"팀장님 포함 넷이 당했습니다. 다른 사람들은 그냥 기절에서 끝났는데, 정훈이는 무릎이 아작 났습니다."

"빌어먹을······."

고개를 털고 일어난 양홍식은 눈앞에 불쑥 내밀어진 생수를 받아 벌컥벌컥 마시고는 남은 물을 머리에다가 그냥 확 쏟았다. 차가운 물 때문인지 정신이 또렷하게 돌아왔다.

밖으로 나온 양홍식은 일단 팀원들을 살피고는 한쪽으로 이동해 담배를 꺼내 입에 물었다. 솔직히 말하자면 아직도 믿겨지지가 않았다.

"한지원은?"

"뭘 물어봅니까? 팀장님부터 정훈까지, 딱 2분도 안 걸렸습니다. 바로 항복하고 튀었습니다, 그냥."

"미친··· 곱게 보내주다?"

"네, 뭐··· 경고는 남겼습니다."

"무슨 경고?"

이홍성은 투덜거리듯 한지원이 남긴 경고를 전해줬다. 그걸 들은 양홍식은 혀를 찼다. 대가리를 불러오란 말부터 특기가 게릴라라는 말까지. 저도 모르게 주변을 쓱 훑어보는 양홍식은 고개를 절레절레 저었다.

그도 이홍성처럼 게릴라라는 말에 주변 지형을 살펴봤는데, 이런 곳에서 그녀와 싸우는 건 그냥 자살행위라는 것을 깨달아 버렸다.

"참, 대가리를 불러오라 했다고?"

"네, 대화할 생각이면요."

"보고했어?"

"어쩌겠습니까, 저쪽 원에서 온 친구들이 하고 있어서 저도 했습니다."

"지랄 안 하디?"

"욕을 아주 백만 바가지 처먹은 기분입니다. 아오……."

이홍성이 와락 인상을 썼고, 양홍식은 고생했다고 어깨를 두들겨 줬다.

후우.

니코틴이 폐부 가득 들어오자, 요상하게도 정신이 더욱 말 끔히 깨는 기분이 들었다. 일단 당시 상황을 다시 한번 복기 해 보는 양홍식.

'사라졌고, 턱이 올라갔고, 관자놀이가 돌아갔고. 깔끔하네, 쌍.'

절로 쌍소리가 나온 양홍식이었다. 뭐가 어떻게 된 게 복기 고 나발이고 할 게 없었다. 너무나 순간적으로 퍼벅! 맞고 기 절해 버렸기 때문이다. 게다가 '오호, 버텼네?' 장하다는 듯이 했던 말까지 떠오르자 그냥 어이가 없어졌다.

"팀장님, 총괄 팀장님 전화 왔습니다."

"줘."

전화를 받아 귀에 대고 양홍식입니다, 이렇게 말하기 무섭게 킬킬거리는 소리가 들려왔다. 총괄 팀장은 자신의 하나 위 기수 선배다.

—대차게 깨졌다며?

"네, 제대로 기억도 안 납니다."

—크하! 크하하하하!

그 광소에 인상이 구겨진 양홍식은 짜증을 담아 거칠게 말했다.

"어떻게 합니까? 대기합니까, 다시 한번 들어가서 팀 애들다 죽입니까. 후딱 결정하십쇼."

—크흐흐……. 으흐, 으하하! 미안하다, 너 깨진 거 간만에들으니까 이거 너무 좋잖냐, 크흐흐!

"아! 어떻게 합니까!"

—흐흐흐, 아오, 눈물이 다 나네. 야, 철수해. 일단 거긴 보류다.

"알겠습니다."

—오면 나한…….

뚝.

전화를 끊어버린 양홍식은 이홍성에게 던져 버리고는 '철수!' 하고 짧게 소리쳤다. 그러고는 시선을 돌려 석영의 저택이 있을 곳을 바라봤다.

"……."

말없이 보던 양홍식이 차에 타는 순간, 한적한 시골은 드디어 고요를 찾았다.

＊　　　　＊　　　　＊

오후 다섯 시.

저녁을 먹을 시간이 다 되어가는 데도 아무런 조짐이 없자 석영은 고개를 갸웃거렸다. 아영은 불안한지 계속 창가를 서성였고, 한지원은 그냥 따분함이 가득한 눈으로 리모컨을 만지작거릴 뿐이었다.

그러다 심심함이 극에 달했는지 대충 옷을 걸치고 허리와 허벅지에 무기를 꽂아 넣고는 밖으로 나가 버렸다.

쪼르르.

"후아… 오빠, 나 심장 쫄려요……."

아영이 석영에게 다가와 매달리며 하소연하듯 말하자, 석영은 고개를 절레절레 저었다. 아영의 말에 솔직히 석영도 공감하기 때문이었다.

아영도, 석영도 게임을 빼자면 일반인에서 터럭만큼도 벗어나질 못한다. 아영이야 연예인 신분이 하나 더 있지만, 그것도 지금 이 상황을 이해하는 데 크게 도움이 되질 못했다.

솔직히 석영은 크게 마음먹고 나갔다.

멘탈 보정은 그 순간에도 도움을 줬지만, 사람을 상하게 할 '다짐'이 필요한 순간이었고, 할 수 있다고 생각했다.

그런데 너무 허무하게 상황이 끝났다. 멍하니 보다 보니 상황은 어느새 끝나 있었다. 몇 분이나 걸렸을까? 한 5분? 오히려 처음에 두 명이서 찾아왔을 때가 더 오래 걸렸던 것 같았다.

그만큼 속전속결로 끝났고, 한지원이란 여인에 대한 거부감과 공포감이 생겼다. 인간이 가진 근원적인 본능이었다.

특히나 석영 같은 경우는 더 심했다. 아영이야 예전부터 알던 언니라는 점이 있지만, 석영은 이제 알게 된 지 얼마 지나지 않았으니 말이다.

같은 배를 탔다는 점이 있지만, 석영은 가능만 하다면 그 배에서 내리고 싶었다. 하지만 그것도 여의치 않은 상황이다.

'나 혼자는 안 돼. 경험도 없이 열 몇씩이나 되는 팀을 내가 물리치고, 피해 다닐 수 있을까? 그렇다고 말로 설득하는 재주도 없어…… 이건 꼼짝없이 묶였어.'

앞으로는 죽이 되든 밥이 되든 한지원과 같이 다녀야 할 판이었다. 안 그러면 석영은 분명 끌려 갈 테니까.

이게 좋은 건지, 나쁜 건지 석영은 갈피를 잡을 수가 없었다. 당장의 귀찮음은 피했지만, 옆에는 전에도 말했다시피 호랑이가 떡하니 버티고 서 있으니까.

피식.

생각하다 보니 웃음이 나왔다.

자신은 그래도 남자니까 지켜도 자신이 지켜줘야 하는데, 이건 역할이 완전히 바뀌어 있었다.

"오빠, 오빠!"

아영이의 투정에 상념을 접는 석영.

"응? 왜."

"무슨 생각을 그렇게 골몰히 해요?"

"아니, 그냥… 지금 상황에 대해서."

"지금 상황? 아아, 그래서 결론 났어요?"

"나겠냐?"

석영이 뚝 쏘아붙이자 아하하, 웃고 마는 아영이었다. 하긴, 이 상황에 결론이 나는 게 더욱 웃기다. 결론은커녕, 더욱 복잡해지지 않으면 다행이다. 석영은 휴대폰을 꺼내 시간을 확인했다. 진짜 쭉쭉 잘만 갔다.

어느새 6시가 다 되어가고 있었고, 6시 초침을 찍는 순간 우-우-웅……! 하고 갑작스럽게 온 집 안이 요동치기 시작했다.

"어, 어어……!"

"오빠……!"

지진이라도 난 것처럼 땅이 울어댔다. 집기가 요동쳤고, 석영과 아영은 바닥에 쓰러져 몸을 웅크렸다. 지진에 대한 대응? 그런 걸 해본 적이 있겠나, 섬나라도 아닌데. 지진은 한참이나 계속되었다.

아니, 정확하게는 이 분 정도밖에 안 됐지만 처음 당해보는 지진에 석영과 아영은 마치 십 분 그 이상 지진이 온 걸로 착각했다.

집 안은 온통 엉망이 됐다.

"멈췄어요……?"

"…그런 것 같은데."

굳은 얼굴로 엉망이 된 거실에서 일어난 석영은 이게 뭔 일인가 싶었다. 지금 땅이 울어댄 게 지진이라는 건 알고 있었다. 하지만 문제는 갑자기 왜 이렇게 강하게 지진이 났냐는 거다.

집을 정리할 정신도 없었고, 소파에 앉아 멍하니 있는데 벌컥! 문이 열리며 한지원이 들어왔다.

"두 사람 괜찮아요?"

딱딱하게 굳은 얼굴.

"네, 언니. 저는 괜찮아요!"

"저도 크게 다친 곳은 없습니다."

안도의 한숨을 쉰 한지원이 고갯짓으로 밖을 가리키며 다시 말했다.

"잠깐 나와봐요. 봐야 될 게… 생겼네요."

봐야 될 것?

석영은 고개를 잠깐 갸웃거리고는 그녀를 따라 밖으로 나왔다.

"뭘 봐야……."

"맙소사……."

그녀의 손끝.

그 손끝을 따라 하늘로 시선을 준 둘은 말문이 곧바로 막혔다.

수정.

적갈색의 거대한 수정이라고밖에 도저히 설명이 불가능한 게 하늘에 떠 있었다.

그리고 그 순간 머릿속을 울리는 공지.

소환 시간 단축

천공 수정 소환 완료

테스트 개체 소환 타이머 설정

60m 00s

카운트 시작

이해할 시간도 주지 않고 시작된 카운트.

60분은 금방이었다.

만반의 준비를 갖추고, 입술을 꾹 깨물며 긴장한 채 기다리기를 한 시간. 정각 오후 7시. 세상을 경악케 하는 일이 벌어졌다. 어둑해진 밤하늘이 더없이 환한 빛을 뿌리기 시작했다.

"천공 수정……."

멍하니 공지가 밝혔던 저 거대 수정의 이름을 불러보는 석영. 수정의 빛은 신비하지 않았다. 오히려 불길했다. 검붉은 광채를 마치 날개처럼 퍼뜨려 밤하늘을 장악했다. 빛줄기로 이루어진 날개.

도대체 어느 땅덩어리 위에 떠 있는 건지 모르겠지만, 저렇게 잘 보이는 걸 보니 어째 대한민국 제공권 안인 것 같았다.

"무서워……."

아영의 한마디가 온 세상 사람들의 마음을 대변해 주는 것 같았다. 실제로 무서웠다. 결코 아름답지 않았다. 지독한 불길함만 풀풀 났다.

파스스…….

날개가 꺼졌다.

수백, 수천, 수만, 측정 불가의 개수의 빛무리로 화했다.

"시작이네요."

"……."

한지원의 말에 석영도 말없이 고개를 끄덕였다. 불길하게 빛나던 빛무리는 날개의 형태를 잃었음에도 소멸되지 않고 마치 생일 축하용 폭죽 안의 금박지처럼 하늘거리며 지상으로 떨어졌다. 저거다.

저게 몬스터일 거라 생각했다.

근데…….

"언니… 저게 다 몬스터예요?"

"아니었으면 좋겠지만 아마 그럴 것 같네."

여유를 잃고 딱딱하게 굳은 한지원의 대답은 그야말로 날벼락이었다. 석영도 솔직히 아니었으면 좋겠다고 생각할 정도였다. 도대체가 수를 셀 수가 없었다. 정말 너무 많아서 셀 수가 없었다.

"미치겠다…….."

그러다 보니 결국 탄식이 흘렀다.

이대로 시간이 멈췄으면 했다. 그러나 그런 바람을 무참히 짓밟은 채, 빛무리는 지상에 당도했다.

"준비들 해요…….."

"……."

"……."

한지원답지 않게 낮게 깔린 목소리였다.

으득!

이를 악물고 아영이 전방에 섰고, 석영은 타천 활을 꺼내 시위에 손을 딱 가져다 대놓고 대기했다. 어떻게 흘러갈지 아무도 모른다. 억겁이라 느껴졌으면 좋았을 텐데, 정반대로 빛무리는 빠르게 지상에 안착했다.

휘이잉⋯⋯!

빛무리는 대지에 닿는 순간 불길한 소리를 내며 확장했다. 여기저기 수도 없이 많은 곳에서 검붉은 빛무리가 포착됐다.

딱 보면 답이 나온다.

저게 전부 몬스터가 만들어지는 과정이라는 걸.

석영의 앞마당에만 거의 오십에서 육십 정도 되어 보였다. 한지원은 그걸 빠르게 셌다.

"사십, 사십오, 오십, 오십하나, 둘, 셋⋯⋯. 집 앞으로만 오십 셋. 뒤쪽은 파악 불가. 못해도 두 배라 생각하세요!"

"네, 알겠습니다."

"넵!"

못해도 백 이상이다.

게다가 아직 빛무리는 다 떨어진 게 아니었다.

'큭⋯ 진짜 못해도 수백만은 되겠는데⋯⋯. 난장판이네⋯⋯.'

첫 번째 소환.

정리는 둘째 치고 민간인에게 끼칠 피해만 생각하면 진짜 어마어마한 수준이 예상됐다.

하지만 지금 당장 중요한 건 그게 아니란 걸 석영은 알았다. 당장, 당장 제일 중요한 건…….

"살아남읍시다."

바로 자기 자신이다.

아영과 한지원의 답을 듣기도 전에, 석영은 시위를 힘껏 당겼다. 타깃은 이제 완전히 몬스터로 화한 빛무리였다.

잠시 기다리자 끼릭거리는 울음소리와 함께 연녹색 피부의 고블린이 모습을 드러냈다.

투웅……!

그 순간 석영이 시위를 놓자, 공간을 격하며 날아간 무형 화살이 고블린의 대가리를 그대로 날려 버렸다.

퍼걱!

피부색과 같은 녹색의 체액을 흩뿌리며 벌러덩 뒤집어졌고, 그게 전투의 신호탄이 되었다.

다행히 준비는 해놨다. 고블린이라는 점을 감안해서 진지를 짜놓긴 했지만 고블린의 지능이 어린아이 정도는 된다는 점을 감안하면, 크게 도움이 될 진지는 아니었다.

파바박!

한지원이 먼저 튀어 나갔다.

이미 상의를 통해 각자의 역할은 정했다.

한지원은 개인플레이. 석영은 보이는 족족 저격. 아영은 석영의 가드다. 애초에 제대로 된 합을 맞춰본 게 몇 번 안 된다. 그래서 지금 현실적으로 가장 잘 맞는 역할이었다.

서걱서걱.

밤이 오자, 한지원은 역시 무서웠다. 하늘거리면서 걸으며 목에 녹색 선 하나를 쭉쭉 그을 때마다 고블린들은 그대로 목을 부여잡고 쓰러져 부들거리다가 축 늘어졌다.

게다가 속도 또한 매우 빨랐다. 마치 유령이 움직이는 것 같았다.

퍼걱!

픽!

물론 석영도 가만있진 않았다.

고블린 정도는 앞에서 시선만 끌어주면, 한 발이다. 예전에 아영과 둘이 처음 고블린을 대면했을 때와는 전혀 달랐다. 오직 신경이 한지원에게 쏠린 놈들만 골라서 저격했다. 자신을 보는 놈? 그놈들은 아영에게 맡겼다.

깡!

퍼걱!

켁켁거리며 달려온 고블린의 공격을 가볍게 막은 아영이 부족장의 도끼로 머리를 쪼갰다. 아영도 많이 성장했다.

공수 전환은 말할 것도 없고, 방패를 이용한 차징, 홀리기도 이제 완전히 몸에 익혔다. 특히 카운터, 스킬이 아닌 자체 카운터를 이젠 아주 능숙하게 썼다.

투웅……!

그래서 석영은 아영에게 방어는 맡기고 한지원을 노리는 고블린만 집중 저격 했다.

퍽!

또 한 마리의 고블린 뒤통수가 터졌다.

'역시… 이놈들은 도망을 안 쳐…….'

딴 놈들은 튀었다.

거대 병정개미도 튀었고, 오크도 튀었다. 그런데 이놈들은 튀질 않는다. 역시 뭔가 작업이 되어 있었다.

답은 아영에게서 바로 나왔다.

"오빠, 이놈들 이상해! 눈깔 뒤집혔어!"

"맹목적 공격 성향. 뭐, 이런 상태냐?"

"웅! 원래 이놈들 지능 쫌 있어서 포위망도 형성하고 그러지 않아… 으샤!"

깡……! 퍽!

말을 끝맺던 도중 또다시 카운터로 한 마리를 죽여놓고, 다시 말을 잇는 아영.

"근데 그냥 돌진만 해대네?"

확실히 그랬다.

빛무리에서 몬스터가 되어 기어 나온 놈들은 그냥 한지원과 석영, 아영을 향해 달려들 뿐이었다.

이런 놈들이야 상대하기 쉽다.

석영도 아영이 확실하게만 막아주면 다 때려잡을 수 있다. 더블 샷 말고 그냥 시위 당기는 거야 강화 주문서로 상승한 근력으로 몇백 번이고 당길 수 있으니까.

퍽!

퍼벅!

연달아 당기는 석영의 저격은 확실히 속도도 빨라졌다. 하지만 역시 한지원만 못했다. 이 여자는 움직일 때마다 하나씩 목을 땄다. 심장은 노리지도 않고, 그냥 달려드니까 피하고 긋고, 피하고 긋고, 마치 무용수처럼 아름다운 흐름으로 움직이며 한 방에 하나씩 확실하게 목을 그었다.

그래서 석영은 한지원의 움직임에 온 신경을 집중해야 했다. 어느 쪽으로 움직일지 예측을 해야 반대쪽에 있는 놈을 저격할 수 있기 때문이다. 재수 없어서 동선이 걸리면 끔찍한 일이 벌어질 거다. 아무리 한지원이라고 해도 타천 활의 관통력은 막을 수 없을 테니까.

셋은 착실히 수를 줄여 나갔다.

하지만 무수히 많았던 빛무리다.

애초에 한지원이 센 수는 바닥에 최초 떨어졌던 수다. 하늘에는 아직 떨어지지 않은, 그 배 이상의 빛무리가 있었다. 천하의 한지원도 실수를 하긴 하나 보다.

어쨌든 고블린도 끝이 보이지 않았다. 근방에 있던 놈들까지, 산 너머까지 몰려오는지 벌써 백 이상을 썰어댔는데도, 고블린은 석영의 집으로 꾸역꾸역 밀려왔다. 하지만 그나마 여긴 다행이었다.

도심은 진짜 지옥이었다.

*   *   *

위이이이이이이이이잉…….

고저 없는 사이렌 소리.

이건 공습 경보였다. 위잉! 위잉! 찢어지는 소리가 아닌 일정한 음에서 끝없이 유지되는 사이렌 소리는 솔직히 울렸다면 그냥 목숨을 포기하는 게 좋은 소리다. 이 사이렌 소리는 서울부터 시작해 대한민국 영토 안에 있는 모든 도시에 동시다발적으로 울리기 시작해서 지금까지 유지되고 있었다.

가뜩이나 혼란으로 가득 찼다.

몬스터 소환은 계엄령 선포를 불러왔고, 군이 치안 유지를 위해 출동했다. 그럼에도 뒷골목을 포함한 몇몇 구역은 여전히 최악이었다.

모든 차량은 통제되고, 요 몇 달간 혹시 몰라 만든 방공호로 시민들을 대피시키지만 그게 어디 다 들어갈 수 있겠냐.

다행이라면 어제 떨어진 계엄령으로 밖을 나돌아 다니는 시민이 평소에 십분지 일로 줄어 있다는 점이었다.

하지만 그래도 많다.

특히 서울은 그렇게 나오지 말라고 했는데도 나온 시민들로 인해 아주 지랄이었다.

"아오… 나오지 말라면 나오지 말 것이지⋯⋯! 이 미친 연놈들은 이런 상황에서도 술을 처먹고 싶나!"

양홍식의 짜증에 이홍성도 동의하는지 짜증 가득한 얼굴로 고개를 끄덕였다. 밖으로 나온 시민들의 대다수가 술 마시러 나온 연놈들이었다. 정말 짜증 나서 남자, 사내, 여성, 여자이런 단어는 붙여주고 싶지도 않았다.

"거기! 통제 똑바로 안 해, 새끼야!"

끼기기긱!

휙!

고블린의 울음소리가 들리자마자 이홍성이 뛰쳐나갔다. 지금 서울은 전장이자 사냥터였다. 예고보다 빠르게 소환된 고블린이 시민을 사냥했고, 밖으로 튀어나온 유저들이 고블린을 사냥하는 먹고 먹히는 사냥터.

"이건 무슨 종말 영화도 아니고… 시발 미치겠네, 진짜!"

시격!

말이 끝나기 무섭게 이홍성이 골목에서 튀어나온 고블린의 목을 날려 버렸다. 튀어 오른 목이 바닥에 떨어져 데굴데굴 양홍식에게 굴러왔다.

"꺄악! 으아악!"

유저가 되지 못한 시민들의 비명이 들렸다. 양홍식은 저것들의 머리를 확 걷어차고 싶은 마음을 겨우겨우 눌러 참았다. 하지만 칼을 회수하고 돌아온 이홍성은 참지 않았다.

뻥!

축구공 차듯 걷어찬 머리가 의경들의 통제에 따르던 시민들의 바로 앞에 떨어졌다.

"와악! 우와악!"

"꺄아아악……!"

개중 몇은 헛바람을 들이켜며 졸도했다.

이홍성은 그 모습을 보며 킬킬 웃어댔다.

빡!

"야, 이! 나도 안 찼는데!"

"아! 이런 거라도 안 하면 짜증 나서 어떻게 참습니까!"

"내가 참잖아! 너도 참아, 새꺄!"

"아오… 그래도 이제 부팀장인데 자꾸 머리는 치지 맙시다!"

"어쭈? 컸다? 이걸 확 그냥……!"

손을 다시 들어 올리는데 저 끝에서 꺄아아악! 하는 비명과 함께 여자 셋이 골목에서부터 달려왔다.

—키케케케!

소리는 좀 아스라이 들려왔다. 거리가 꽤 된다는 뜻.

양홍식은 들었던 손을 내려 대태도 손잡이를 잡고는 말했다.

"야, 엄호해."

"넵!"

말도 더럽게 안 처들어 저 꼴을 스스로 자초한 시민들이지만, 그래도 지켜야 했다. 그게 전담 팀 본연의 임무였다. 범죄 유저들이고 몬스터고 닥치는 대로 잡아서 시민을 보호하는 것. 그런 사명감도 없다면 전담 팀은 당장 때려치워야 할 최악의 직업이나 다름없었다.

스르릉.

양홍식은 눈을 가늘게 좁히고 자세를 잡았다. 시민 셋이 골목에서 나오고 이홍성이 재빠르게 인도하는 순간 골목 저 끝에 고블린 네 마리가 보였다.

덩치가 작다 보니 한 줄로 쪼르르 달려오는데, 키게게겍! 하는 울음소리와 어둠, 골목이란 특성까지 합쳐지니 이건 무슨 공포 영화 저리 가라 할 정도로 소름 끼쳤다. 진짜 멘탈 보정 아니었으면 도망치고 싶은 상황이다. 어느새 옆으로 온 이홍성.

둘이면 고블린 넷이야 충분하다. 게다가 주변에 군, 경 병력까지 있다.

"스읍, 하……. 스읍."

심호흡을 하고 달려가려는데 익숙한 소리가 양홍식의 귀로 파고들었다.

푸슝! 푸슝! 푸슈슝!

퍽! 퍼걱! 퍼벅!

정말 딱 요런 소리 뒤에 고블린 네 마리는 사이좋게 앞으로 철퍼덕 엎어졌다.

"뭐냐, 이건 또……?"

주륵주륵 흘러나오는 녹색 피.

앞으로 엎어진 네 마리의 뒤통수에는 엄지와 검지로 원을 그린 크기 정도의 구멍이 뚫려 있었다.

어두운 골목을 나란히 걸어가는, 신장 170㎝가 넘는 장신의 여성 둘이 있었다. 도심은 이미 패닉인데도 이 둘은 전혀 겁을 먹지 않고 골목을 배회하고 있었다. 그 자신감은 손에 쥔 커스텀 베레타92에서 나오는 걸까?

두 여인의 대화는 훨씬 여유가 있었다.

"세상 말세네, 말세야. 괴물들이 돌아다니고 말이야."

"누가 아니래, 단 몇 년 만에 변해도 이렇게 변할 수 있지?"

"그래도 덕분에 손맛은 재밌게 보고 있잖아?"

"그건 거기서도 질리게 봤지 않나?"

"그게 또 다르지, 이것들은 죄책감이 없잖아, 후후."

"그건 그렇지만. 후우, 그나저나 한 중위 애는 어딜 간 거야?"

"마지막 메시지가 중요한 일이 있어 충주로 향한다고 했으니까 거기 있겠지?"

"이게 빠져 가지고… 언니들 왔는데 얼굴도 안 보여주고 딴데로 튀어?"

"냅 둬. 안 그래도 힘든 앤데."

터덜터덜 걸어가며 둘이 나누는 대화에 매우 의미심장한 인칭 묘사가 있었다. 대체 뭐 하는 이들인지 매우 궁금한 이 둘은 갑자기 걸음을 멈췄다.

"오른쪽은 내가."

"그럼 왼쪽은 나."

살기를 느낀 두 사람이다. 인간이 내뿜는 살기와는 근본적으로 다른, 아주 짐승 같은 살기. 그러나 그것도 이 두 여인을 겁먹게 하지는 못했다. 아주 능숙하게 양손에 총을 쥔 모습을 보니 무슨 B급 건 액션 영화의 한 장면을 보는 것 같았지만, 이건 현실이었다.

─끼엑!

─끼르르르르…….

두 여인을 향해 진득한 살기를 흘리며 다가오는 고블린을 향해 피식 한 번 조소를 흘려준 윤진아와 정미경이 총구를 어두컴컴한 골목으로 겨눴다. 그리고 푸슝! 푸부부북! 사정없는 난사가 시작됐다.

—키엑!

—크르르르……!

동시에 어둠에 잠긴 골목에서 고블린의 비명 소리도 같이 흘러나왔다.

처걱! 순식간에 탄창을 비우고, 아주 능숙하게 탄창을 갈아치우고 다시 난사. 이 또한 B급 영화의 한 장면 같았지만, 현실이었다.

짙은 회색빛 롱 코트를 걸친 여인 둘이 벌이는 몬스터 학살극은 진짜 볼 만했다. 이걸 영상으로 찍어 인터넷에 푼다면 정말 몇억 조회 수는 우습게 찍을 수 있을 것 같았다.

처걱!

다시 한번 탄창을 갈고 난사.

"아, 역시 소음기를 달면 쏘는 맛이 없어."

매캐한 화연 속에서 우측, 윤진아의 말이 흘러나왔다.

"동감."

처걱.

짧게 그 말에 공감을 표한 정미경이 난사를 끝내고 탄창을 회수했다. 두 사람의 난사가 끝난 골목에서는 더 이상 아무런 소리도 들려오지 않았다. 극한으로 강화된 육체는 시력에도 당연히 영향을 끼쳤고, 구멍이 송송 뚫려 바닥에 처박힌 고블린들이 선명하게 보였다.

"아우, 돈을 얼마나 쓴 거야?"

"아낌없이 쓰라고 했으니까, 아낌없이 써주자고. 다른 조에서는 연락 없지?"

"응, 거점 잡으려고 왔다가 이게 무슨 일인지, 참 내."

"그래도 조국이니까."

"쓥… 그래, 조국이지. 피땀 흘려 전장에서 싸워도 이름 하나 남길 수 없는 조국."

윤진아의 으르렁거림에 정미경은 쓥쓸한 미소만 머금었다. 이해가 하나도 안 가는 두 사람의 대화지만, 그건 두 사람의 과거와 아마 연관이 되어 있을 것이다.

띠리릭띠리릭.

다시금 움직이려 하는데 정미경의 품에서 구시대 착신음이 들렸다.

"충성! 대위 정미경, 전화 받았습니다."

─상황은?

"좋지 않습니다. 고블린이 얼마나 소환된 건지, 골목마다 진을 치고 있습니다."

―자력 해결이 가능해 보이나?

"모르겠습니다. 확실히 유저는 많아 보이지만, 전선에 나서지 않은 유저가 더 많은 것 같습니다. 그리고 몬스터의 수가 워낙에 많습니다."

―군은?

"움직였습니다만, 탄이 강화탄 수량이 부족하다 보니 섬멸보단 시민 대피와 방어에 집중하고 있습니다."

―훗, 지랄이군.

"네, 여긴 아주 지랄 같습니다."

정미경은 대답을 하며 고개를 절레절레 저었다. 지금 이 순간에도 일반 시민들은 고통받고 있을 것이다. 아니, 고통? 그 정도를 넘어섰다. 지옥, 그래. 딱 지옥이다, 여긴.

―상황 봐서 연락해. 도저히 정리가 안 될 것 같으면 애들 전부 지원해 주지.

"그냥 바로 출발시켜 주셨으면 좋겠습니다. 당장 해결될 만한 일이 아닙니다. 못해도 몇 주는 수색, 섬멸해야 할 상황입니다."

―그래, 바로 보내지. 거리가 있으니 하루는 걸릴 거야.

"네, 감사합니다!"

―감사는… 더러워도 조국이다, 아버지가 태어나신. 우리가 못 본 척하면 하늘에서도 슬퍼하실 분이니, 그런 일이 없게 해

야지.

"……."

—그럼 수고하도록.

"네, 충성!"

대상이 보이지도 않건만 정미경은 경례를 확실하게 올렸다. 대화나 행동 양식을 보면 확실히 대한민국군의 기질은 보이질 않았다. 굉장히 엄격하나 여러 국가의 방식이 섞인, 묘한 제식이었다.

전화를 끊은 정미경은 총을 점검 중인 윤진아에게 다가갔다.

"뭐라서?"

"지원 보내준다는데?"

"전원?"

"아마도?"

"다행이네. 우리끼리 이거 정리하려면 진짜 숨 막혔을 텐데."

"조 짜서 소탕하라고 해야지. 그보다……."

"왜?"

"안 느껴져?"

"느껴지니까 점검 중이지."

피식.

윤진아의 대답에 피식 웃은 정미경은 조용히 총을 점검했다. 저 멀리서, 아주 사람을 찢어 죽이고도 남을 투기(鬪氣)가

느껴졌다. 아주 파도처럼 넘실넘실거리는지, 강하게 오다 약하게 오다를 반복하고 있었다.

"대가리 등장이라……."

"재밌겠네."

보스의 등장이다.

그런데도 두 사람은 전혀 긴장한 기색이 없었다. 이유는 딱 하나다. 세계가 변하기 전, 이 둘은 부대를 이뤄 수많은 전장을 전전했고, 특수한 임무를 뛰었으며, 전역하고 나서도 '아버지'라 부르는, 세상에 단 하나뿐인 존경하는 은사를 위해 처절한 전쟁을 치렀던 이들이다. 세계가 지금 지옥이라지만, 그 이전에도 이들은 지옥에 있었던 거다.

멘탈 보정?

그딴 건 이들에게 필요도 없었다.

이들에게 긴장을 줄 수 있는 건, 정말 이들이 죽음의 위협을 느낄 때뿐인데… 그게 지금은 아니었다.

쿵, 쿵, 쿵.

묵직한 진동이 발끝으로 느껴지기 시작했고, 윤진아는 총 대신 길쭉한 대태도를, 정미경은 등에 메고 있던 가방에서 저격용 소총을 꺼내 자리를 잡았다. 그리고 전투 준비가 끝나는 순간, 두 사람을 중심으로 진득한 살기가 피어오르기 시작했다.

크워워워……!

그에 반응하듯 마찬가지로 진득한 광기가 섞인 울음이 골목 저 끝에서 들려왔다. 몇 번의 진동 끝에 모습을 드러낸, 고블린 부족장.

"아따… 더럽게 못생겼네."

"그러게."

쉭!

정미경의 대답이 들려오는 순간, 윤진아의 몸이 화살처럼 부족장에게 튀어 나갔다.

＊　　　　＊　　　　＊

자신의 직속상관이 고블린 부족장과 전투를 시작한 순간, 타이밍 좋게도 석영과 한지원, 아영도 막 고블린 부족장과 전투를 시작했다. 그런데 그쪽과는 좀 상황이 달랐다. 그쪽은 하나지만, 여긴 둘이었다.

"아, 왜 하필 두 마리야……."

포위를 하듯 좁혀오는 고블린 부족장 두 마리를 보면서 아영이 흘린 투덜거림에 석영도 공감했다.

한 마리도 버거웠는데 두 마리나 나타났다. 하지만 크게 걱정하진 않았다. 이미 자신도 그렇고, 아영이와 한지원도 훨씬 성장했기 때문이다. 게다가 한지원의 은신 스킬이면 충분히 혼자서 상대가 가능할 것이고, 석영도 아영이 잘만 막아준다면 충분히 한 마리는 상대가 가능할 것 같았다.

'그리고 여긴 넓지. 던전처럼 제한된 공간도 아니고.'

이게 가장 중요한 부분이었다.

퍼스트 킬 때는 던전이란 한정된 공간에서 싸워서 진짜 개고생했다. 하지만 지금은 사방이 탁 트인 장소다. 충분히 대지 강타의 권역에서 벗어나 저격할 수 있다는 소리다. 물론, 아영이 버텨준다는 가정하다.

"막을 수 있겠어요?"

"지원 씨가 하나 맡아주고, 아영이가 잘만 버텨준다면 문제는 없겠습니다."

"그래요? 아영아, 괜찮겠니?"

"안 괜찮아도 해야지! 오빠방, 나만 믿어!"

오빠방은 또 뭔지. 이 순간에도 유쾌함에 똘끼를 섞어 끼부리는 걸 잊지 않는 아영이의 멘탈에 그저 웃음만 나왔다. 물론, 눈빛은 진지했다. 현실이다. 리얼 라니아가 아닌 현실. 죽으면 아마도…….

'실제로 죽겠지. 여긴 리얼 라니아가 아니니까…….'

죽는다고?

사양이다.

절대로 사양이다.

"그럼 하나는… 제게 맡겨요."

"부탁합니다."

은신.

짧게 읊조린 한지원의 모습이 천천히 머리끝에서부터 빠르게 지워져 갔다. 기척만 미세하게 느껴졌다.

"오빠, 나도 감!"

"조심해."

"웅!"

아영이 방패를 전면에 세우고 천천히 다른 놈에게 다가갔다. 다행히 이놈들은 마지막에 나타났다. 근방에 소환된 고블린들을 싹 조졌더니 그제야 엉금엉금 기어 나왔다. 그래서 다행이었다.

만약 고블린까지 있었다면 정말 상대하기 쉽지 않았을 테니까. 고블린이 아무리 쉬워도 불시에 다가와 푹 찌르면 석영도, 아영도, 그리고 한지원이라고 해도 죽는다. 차라리 이렇게 일대일을 만들어준 게 참 다행이었다.

'게다가… 이성도 없어 보이고.'

이점도 다행이다.

차라리 미쳐 날뛰는 게 상대하기 쉬우니까.

터엉……!

둔중한 울림이 산속을 울렸다.

부족장의 도끼가 아영이를 쪼갤 듯이 내려쳤지만, 아영은 그걸 정확하게 흘렸다. 그런데도 둔중한 울림이 흐른 건 역시 힘이 장난이 아니어서였다.

투웅……!

우로 돌아간 석영이 한 발을 쐈다. 쉬이익! 어둠을 갈라먹고 들어간 화살은 정확히 허벅지에 꽂혔다.

그그그그극! 무시무시한 회전을 선보이며 하의 갑주를 뚫고 반 정도 막히더니, 연기로 화해 사라졌다.

하지만 이거 한 방으로 뒤질 놈이 아니었다.

─크워……!

고통에 찬 비명을 내지르더니, 도끼를 번쩍 들어 올렸다.

'온다……!'

수많은 유저를 절망시킨 대지 강타다.

"피해!"

콰앙……!

석영의 외침이 끝나기도 전에 도끼가 그대로 바닥에 처박혔다. 아니, 처박힐 뻔했다. 아영이의 차징이 아니었다면 말이다. 기가 막힌 순간에 옆구리를 그대로 때려 박아 타이밍을 흩었다.

─크롸!

이성이 없는 놈이다.

그러니 곧바로 분하다는 듯이 괴성을 내질렀다.

"시끄럿!"

서걱!

아영이의 도끼가 그대로 부족장의 발등에 처박혔다.

쇠로 된 일체형 갑주를 착용하고 있었지만 아영이의 도끼도 고블린 부족장의 도끼다. 게다가 전투 전, 이 악물고 한 번 질러서 +7까지 띄워 절삭력, 내구력, 파괴력이 두 배 이상 올라간 막강한 놈이다. 그런 부족장의 도끼가 정확히 쇠를 가르고 발등까지 갈라 버렸다.

─크워워······!

고통에 찬 괴성에 아영이 히죽 웃더니, 고개만 빼꼼히 올리고 말했다.

"아팡?"

피식.

이 상황에 저런 말이라니. 도무지 어울리지 않는 말이어서 석영은 저도 모르게 웃음을 흘리고 말았다. 하지만 손은 이미 시위를 당기고 있었다.

투웅!

타깃팅이 끝나는 순간 시위를 놓았지만, 부족장은 흠칫 놀라더니 몸을 뒤로 굴렸다.

"어?"

그에 석영은 잠시 멍청한 소리를 내고 고개를 갸웃거렸다.

피했다. 맞히지 못할 거라는 생각은 아예 하지도 않았다. 이놈들은 맹목적인 돌격 의식만 가진 상태다. 최초 석영이 저놈을 잡을 때, 고블린 부족장의 눈빛에는 이성이 제대로 자리 잡고 있었다. 심지어 대화까지 통했다.

그런데 이놈들은?

아니었다.

눈빛은 탁했다. 아주 먹물을 뿌린 것처럼 거뭇했고, 이어 피를 섞어 휘저은 것처럼 검붉은 탁한 색을 띄고 있었다.

"본능인가?"

몬스터다.

이성보다는 프로그래밍으로 인한 맹목적인 의식만을 가진 개체이니, 본능은 죽지 않았을 수도 있다.

"골 때리네."

"오빠! 내가 더 잡고 있을 테니까 제대로 한 방만 먹여봐요!"

아영의 외침에 석영은 고개를 끄덕이고는 주변을 살피며 움직였다. 자신은 딜러고 아영이가 탱커니 그녀의 움직임에 보조를 맞출 필요가 있었다. 지금 아영이가 잘 싸워주고는 있지만 제대로 한 방 맞으면 무조건 죽는다.

특히나 대지 강타.

아까는 용케도 차징으로 끊었지만 만약 저 도끼가 제대로 땅에 처박히면 아영의 목숨은 절대 부지할 수 없을 것이다.

그래서 석영의 견제는 매서웠다. 도끼를 치켜들 때면 무조건 급소를 노리고 쐈다. 본능이 살아 있는 놈이다 보니, 그래도 뒤지긴 싫은지 저격이 이어지면 멈칫했다가 몸을 피하곤 했다.

터엉……!

"윽!"

화가 제대로 났는지 마구잡이로 휘두른 도끼를 방패로 막은 아영이 뒤로 붕 떠서 날아갔다.

그 순간 다시 도끼를 치켜들지만, 그걸 봐줄 석영이 아니다. 이미 시위는 당겨놓았다. 시위를 놓으면 도끼가 땅에 처박히는 것보다 먼저 화살이 도착한다. 그만큼 속도 면에서도 우월하다.

퉁!

무형 화살이 어둠을 쭉 갈랐다.

쩡!

부족장은 이번에도 살기 위한 본능 때문에 멈칫하더니 피하려고 했다. 하지만 운이 좋았던 건지 화살이 도끼날을 그대로 때렸고, 파사삭 소리를 내더니 도끼를 아예 부숴 버렸다. 이건 석영으로서도 의도한 게 아니었다.

"헐."

"……"

아영이 날이 깨지고 자루만 남아 부족장의 손에 쥐어져 있는 도끼를 보며 멍청한 소리를 냈다.

석영도 멍했다. 무기가 깨졌다. 타천 활이야 안 그래도 행성 파괴급이라 불리던 놈이다. 그러니 막강한 파괴력은 이해한다. 하지만 놀란 이유는 무기로 무기를 파괴가 가능하다는 시스템에 있었다.

리얼 라니아.

이건 무조건 게임을 기반으로 하고 있는 이세계라 불러도 좋다. 석영이나 아영이 놀란 이유는 라니아에는 무기로 무기를 깨뜨릴 수 없기 때문이었다. 아예 없는 시스템이란 소리다. 그런데 생겼다.

"진화……."

리얼.

현실성.

"오예! 이 새끼 뒤졌어!"

석영은 이 시스템에 대해 진지했지만, 아영은 아니었다. 적이 무기를 잃었다는 것 하나에만 초점을 뒀다. 근데 사실 그게 정답이었다.

쉬익!

아영이의 손에 들린 도끼가 그대로 부족장의 가슴팍으로 파고들었다.

―크워!

부족장이 급히 뒤로 물러났다. 그걸 보며 석영은 저격할 생각도 잊고, 눈매를 좁히고 부족장을 바라봤다.

'이상한데……'

위기를 느끼면 피하는 거야, 살기 위한 생존 본능이 존재하는 모든 동물이 똑같을 것이다. 그런데 웃긴 게, 처음에는 안 이랬다.

'설마 실시간 업데이트냐? 전투를 통한 학습을 하는 거야?'

허…….

"미치겠네, 진짜……."

도대체 어디까지 진화를 할지, 석영은 그 점이 무서워졌다. 지금도 이런데 진화, 혹은 업데이트가 끝까지 가면?

간교한 계책까지 쓰는 게 아닐까 싶었다.

"아! 오빠, 뭐 해요!"

"일단 잡아둬."

"왜요!"

"뭣 좀 알아보게."

"헐? 이 상황에? 오빠 미침? 정줄 놓음?"

춤추듯이 움직이면서도 바락바락 대드는 아영을 잠깐 봤다가, 한지원이 상대하는 부족장을 봤다. 그녀가 상대하는 부족장에게서는 아무것도 못 알아낼 것 같았다.

그녀는 아주 부족장을 잘근잘근 다지고 있었다. 한지원이 상대하는 놈은 고개를 두리번거리며 여기저기 썰리고만 있었다.

석영은 그 모습에 고개를 절레절레 저었다.

'무슨 샌드백도 아니고……'

다시 시선을 돌려 아영이 상대하는 부족장을 바라보는 석영. 무기를 잃은 부족장을 아영은 이제는 아주 수월히 상대하고 있었다.

대지 강타 같은 건 분명 스킬일 것이다. 하지만 그 스킬도 무기가 있어야 사용이 가능한지, 아무것도 못하고 있었다. 손에 쥔 자루로 아영을 공격하지만 방패에 막혀 족족 튕겨 나가고 있는 상황.

아영은 어느새 몰두해 있었다.

자신의 실력을 시험이라도 하고 싶은 건지, 아니면 원래 전투 본능이 강했던 건지, 입가에 비릿한 미소까지 띄워놓고 부족장을 착실하게 몰아붙이고 있었다. 하지만 석영은 아영이보다는 부족장에 주목했다.

움직임.

눈빛.

실시간 업데이트가 정말로 이루어지고 있는 건지 착실하게 파악했다. 동작 하나가 바뀔 때도 집중했고, 자잘한 상처를 입어 포효를 내지를 때도 집중했다. 특히 눈빛, 이성을 잃은 검붉은 눈빛에 생기가 돌아오나, 그걸 가장 집중해서 봤다. 약 오 분 동안의 공방을 철저하게 파헤칠 마음으로 지켜봤다.

'확실히……'

처음에는 도끼 자루를 어떻게 써야 하는지도 모르던 놈이, 이제는 그걸 검처럼 사용해서 아영의 공격을 막았다. 나무가 아닌 쇠로 만든 도끼 자루다. 게다가 '아이템'이니 '내구도'란 설정도 붙어 있을 거다.

그러니 버텨준다.

놈은 전투 학습을 통해 사용법을 익히고 있었다.

아영도 그걸 눈치챈 것 같았다.

"오빠……! 이제 좀!"

그 외침과 함께 바로 뒤에서 쿵! 소리가 들렸다. 고개를 돌려보니 한지원이 상대하던 놈이 바닥에 쓰러져 있었다.

그걸 본 석영은 바로 시위를 당겼다.

더 이상의 업데이트는 위험하다 판단했기 때문이다. 시위를 걸고 틈을 노리는 석영. 석영이 준비를 끝낸 걸 본 아영은 바로 방패를 세워 돌진했다.

"합!"

텅!

아영의 차징이 제대로 옆구리에 틀어박혔고, 둔중한 울림과 함께 부족장의 신체가 뒤로 뒤집혔다. 틈이었다. 퉁! 시위를 떠난 화살이 상체를 다시 세우는 부족장의 옆구리에 틀어박혔다.

그그그극!

갑주와 만난 무형 화살이 엄청난 회전을 선보이더니, 이내 안으로 쏙 파고들어 갔다. 타천 활 자체 대미지가 엄청나다.

—크아……!

곧바로 부족장의 고통에 찬 포효가 터졌고, 아영이 그 틈을 놓치지 않고 도끼를 풍차처럼 휘둘렀다.

"흐압!"

서걱!

예리한 날이 부족장의 목을 반 이상을 갈라 버렸고, 경직 때문에 육신이 흔들리니 갈라진 머리가 뒤로 혹 젖혀졌다. 이어 녹색 피가 혹 튀어 올랐다. 이어 고장 난 기계처럼 덜덜 떨더니, 몸이 아예 뒤로 넘어갔다.

쿵.

이 미터가 넘는 거대한 몸집이 쓰러지니 땅이 울렸다.

"후아… 힘들다, 힘들어!"

아영이 도끼를 바닥에 찍고는 바닥에 철퍼덕 앉아 투정을 부렸다.

그런 아영이의 머리를 쓰다듬어 준 한지원이 조용히 석영에게 다가왔다.

"고생했어요."

"제가 한 건 별로 없습니다. 아영이가 혼자 다했죠, 뭐."

"잠깐 봤는데 되게 집중해서 보던데요? 뭐 알아낸 게 있나
요?"

"그걸 봤습니까?"

"그럼요, 혹시 모를 상황에 대비하려면 동료의 전투는 항상
눈에 담고 있어야 해요."

"……"

아따, 진짜…….

대단한 여자다.

아영은 아예 정신이 없었다. 가능한 건 소리치는 것 정도?
석영도 틈을 보고, 전투에 집중하면 주변의 그 무엇도 눈에
들어오질 않았다. 그런데 한지원은 혼자 부족장을 난도질하면
서도 이쪽의 전투를 살피고 있었다.

"이제는 그냥 놀랍지도 않습니다."

"후후, 뭘요. 자, 이거."

"이게 뭡… 스킬?"

"네."

한지원이 조용히 내민 손바닥 위에는 스킬 북이 있었다. 작
은 책 모양인데, 겉에는 활과 화살이 교차하는 문양이 그려져
있었다. 궁수 전용 스킬이라는 걸 알 수 있었다.

"그냥 주는 겁니까?"

"제가 궁수 스킬을 익혀서 뭐 하게요?"

"음……."

하긴, 한지원은 전형적인 근거리 전투 유저다. 날쌘 움직임을 생각하면 아마 보통 게임에서 살수, 혹은 암살자라 부르는 타입과 비슷하다. 뭐, 비도 같은 것도 던질 줄 알겠지만 그런 건 애초에 한지원에게 필요하지 않았다.

"잘 받겠습니다."

그래서 석영은 거절하지 않고 손에 쥐었다.

그러자 바로 스킬 북의 정보가 떠올랐다. 이상하게 이런 부분은 또 홀로그램이다. 눈앞에 떠오른 스킬의 이름을 본 석영은 잠시 고개를 갸웃했다. 전혀 생각도 못 했던 이름이다. 아니, 라니아에는 없는 스킬이다.

"추적하는 화살(Tracking Arrow)?"

이런 스킬명은 라니아에는 분명히 없었다.

추적샷이라니, 듣도 보도 못 한 스킬이다. 물론 다른 게임에서는 본 적이 있긴 하다. 눈보라사의 대표 RPG게임 시리즈물 중 2탄에서 아마존이 쓰던 스킬이 딱 이런 스킬과 비슷했다.

"재밌는 스킬 이름이에요. 이걸로 석영 씨… 날개를 얻었네요?"

"아직은 써보질 않았으니 잘은 모르겠지만… 왠지 그럴 것 같다는 느낌은 듭니다. 그런데 그래봐야 지원 씨한테는 안 될 것 같습니다만."

"후후, 저와 비교하지 마세요. 말은 안 했지만 석영 씨도 대충 파악은 하고 있잖아요? 제가 범상치 않은 과거가 있다는 걸."

"……"

그 말에 석영은 입을 닫았다.

한지원의 과거. 솔직히 말해 궁금했지만 묻는 행동 자체가 판도라의 상자를 여는 것과 같은 상황을 초래할까 봐 겁이 났다.

우우웅.

한지원의 주머니에서 핸드폰 진동 소리가 들렸다. 한지원이 손에서 전화를 꺼냈는데, 참 옛날 폰이다. 마치 무전기 같은 외형이었으니 말이다. 위성폰이지만 석영이 그걸 알 리가 만무했다. 저건 정보 세계에서나 쓰는 물건이니 말이다.

"네."

─네?

"지금 지인과 있습니다."

─그럼 다른 데 가서 받아야지. 한지원이 이거, 좀 빠졌네?

"죄송합니다. 지금 상황이 좀 그래서."

─뭐, 좋아. 이해해 줄게. 그보다 어디야?

"충주입니다. 선배는 어디십니까?"

매우 딱딱한 대화였다.

통화하는 한지원의 표정도 뭔가 경직된 것처럼 보였다. 언제나 여유롭고, 그 여유를 바탕으로 나른한 미소를 짓는 게 한지원 아닌가. 그런데 지금은 마치 상관을 대하는 그런 모습이었다.

'저런 모습 군대에서 많이 봤지. 잠깐, 군대……?'

정답에 왔지만 석영은 정답을 굳이 들추지 않았다. 말했듯 그녀의 과거는 판도라의 상자일 게 뻔하니까.

—서울이지, 거기 정리 끝났어?

"네, 좀 전에……."

—그럼 넘어와. 여기 지금 장난 아니다.

"심합니까?"

—웬만하면 내가 너한테 연락까지 했겠냐? 본부에서도 다 넘어온다니까, 너도 와서 합류해.

"…알겠습니다."

—대답이 늦었는데?

"아닙니다. 지금 바로 가겠습니다."

—최대한 빨리, 지금도 사람들 죽어나가고 있으니까.

"네. 그럼."

전화를 끊은 한지원이 어느새 다가온 아영이와 석영을 번갈아 보다가, 한숨을 포옥 내쉬었다.

"아, 진짜 이런 말 싫은데… 좀 도와줄래?"

"네!"

아영이야 뭐, 지원 교의 열렬한 신자니 바로 넘어갔다. 그녀는 이어 석영을 바라봤다.

"줬다 뺏는 것만큼 기분 더럽겠지만… 대가라 생각하고."

"좋습니다."

"고마워요."

"별말씀을."

아영에게 받은 트래킹 에로우.

안 그래도 시험을 해야 하는 참이니, 한지원의 부탁을 석영은 시원하게 받아들였다.

잠시 뒤, 한지원의 애마, 칠흑의 차체를 자랑하는 부가티 베이론이 시원한 울음소리와 함께 석영의 집 마당에서 출발했다.

『전장의 저격수』 3권에 계속…

이제부터 전자책은

이젠북

www.ezenbook.co.kr

새로운 세계가 열린다!

김재한 『성운을 먹는 자』	철백 『대무사』
니콜로 『마왕의 게임』	가프 『궁극의 쉐프』
이경영 『그라니트:용들의 땅』	문용신 『절대호위』
탁목조 『일곱 번째 달의 무르무르』	천지무천 『변혁 1990』
강성곤 『메이저리거』	SOKIN 『코더 이용호』

이름만 들어도 황홀할 정도의 별들의 향연!
이들의 "유료연재"가 시작됩니다!

검색창에 **이젠북**을 쳐보세요! ▼

초대형 24시 만화방

신간 100%, 샤워실, 흡연실, 수면실(침대석), 커플석, 세탁기 완비

■ 광명 광명사거리역점 ■

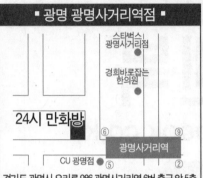

경기도 광명시 오리로 986 광명사거리역 6번 출구 앞 5층
02) 2625-9940 (솔목타워 5층)

■ 강북 노원역점 ■

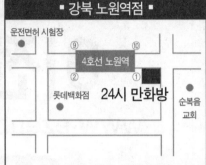

서울 노원구 상계동 340-6 노원역 1번 출구 앞 3층
02) 951-8324 (화용빌딩 3층)

■ 일산 정발산역점 ■

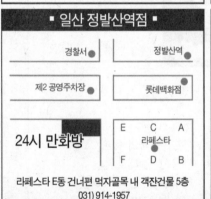

라페스타 E동 건너편 먹자골목 내 객잔건물 5층
031) 914-1957

■ 일산 화정역점 ■

경기도 고양시 덕양구 화정동 984번지 서일빌딩 7층
031) 979-4874 (서일사우나 건물 7층)

■ 부천 역곡역점 ■

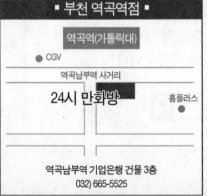

역곡남부역 기업은행 건물 3층
032) 665-5525

■ 부평역점 ■

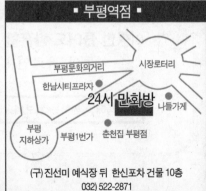

(구) 진선미 예식장 뒤 한신포차 건물 10층
032) 522-2871